青森文化

戲子

橋蒂拉
JoAnna 著

一滴淚劃過她瑩潤的臉頰，
她從回憶裡醒來，不禁輕嘆：
人生如戲，半點不由人，
寫好的譜要我如何改……

目錄

LIFE VISIONS IN SHORT FICTION OF JOANNA IN THE ASPECT OF FEMININE WRITING

Nastasiia 譯

The paper is devoted to the analysis of short fiction written by JoAnna that represents bright signs of neorealism, hidden intrigues that perform a plot-forming function, unexpected solutions of confusing plot lines in the home environment, an emphasis on narrative inherent in the female interpretation of reality. This style is markedly different from the European canon; it does not appear to be a reminiscence of the relevant specific historical trends of the second half of the nineteenth century. It demonstrates the conception of representation of "image of life in forms of life" and has common features in Chinese fiction, associated with the actualization of the details, which eventually perform a plot function, the psychology of a particular experience, local existential issues with generalizing connotations. There is another tradition in Chinese literature that has its own paradigm. A gallery of female psychotypes in different situations, with different temperaments and characters, adopted by the vital need for existential choice in difficult realities, self-affirmation in extreme circumstances, in family and social circles, the search for personal happiness has been studied in JoAnna's fiction. The paradoxical regularity of the literary phenomenon of the writer is analyzed, underlining the problem of adequate response to the challenges of the environment, the experiences of the heroines of personal destiny, the vocation of a woman in the paradigm of motherhood, career, and interpersonal relationships. Analytical attention is paid to elucidating the structural features of the narrative of short fiction of JoAnna, its genres, such as the story of a single character or a domestic story with the properties of a humorous sketch, legend or "novella", their modernization in contemporary Chinese fiction.

To the Ukrainian reader, Chinese epic fiction may seem to be an exotic one, which does not meet the standards of epic fiction, too modern one. The kind of fiction JoAnna prefers is full of intrigue, unexpected twists of intricate storylines, traps into which the characters fall due to not having full information about the events surrounding them and their participants. The kind of fiction, where the events involuntarily drag everyone in a compositional whirlwind with an unexpected ending, which turns out was already planned in advance, but hidden from the reader. Instead, the plot development takes place in seemingly real circumstances, in a distinctly objective world with home accessories, creating the impression of vital authenticity; it consists of local plot structures, each of which focuses on its own denouement. They pass into each other, creating –– despite cognitive dissonance –– a dynamic narrative chain with elements of genre specification.

Nowhere does JoAnna resort to didactics, to compositional clarifications, opening the narrative space to the inquisitive reader so that he or she can actively join the story, looking for his or her own version of the probable outcome, which goes beyond domestic conflicts. The writer realizes the specifics of feminine writing, focused not so much on finding out the causality, as on the course of intrigue with tangled knots of events, hidden intentions of the characters, thus able to keep the process of reception in constant tension. It manifests through a keen interest in details as well, including dresses of the main character. The criminal accent has not been resolved in the end, so it is perceived as an inevitable episode of the general story, as a punishment for the crime, but without legal justification.

The intrigue performs a plot-forming function in the short story "Actor", in the compositional structuring of which the case plays a decisive role conveying a philosophical and existential meaning. It attests to the relativity of human existence, which is dependent on unforeseen circumstances, the uncertainty of its status, the unreliability of the subjective value scale, when any accomplishments may lose their meaning or any achievements come to nothing – and, on the contrary, the subject may experience career ups and downs. At the same time, activation of moral factors may also take place, often in the form of personal perception of the confrontation between criminals and benefactors, the punishment of villains, actualized by folk markers as well.

The narrative of "The Actor" bases on the common story of the talented Yan Xiangmo, who after the collapse of her father's theatre moved to her brother Yan Aojie, who, serving at the theatre "Garden of Sleeve Waving", hoped in vain for a role in a play. The banzhu – the owner of the troupe, self-confident He Rufu, – did not notice him; only after catching a sight of his sister banzhu pretentiously promised he would have a chance to perform on the stage. Making her the victim of his sexual harassment with Yan Aojie's passive help, he had no desire to keep his word or introduce the mentally traumatized Yan Xiangmo to the troupe.

Suddenly hearing her amazing voice while she had been performing a xiaodiao, an aria of traditional Chinese opera, banzhu decided to make her an actress, seeing some benefit in it. That was his fatal mistake. The "respectable mister" Gu took an interest in the talented singer, fell in love with her and became the owner of the theatrical troupe, handing over the rights of the banzhu to Yan Xiangmo. He Rufu not only lost his seat of the owner of the troupe, but also the opportunity to be an actor, as did Yan Aojie – his sister didn't forgive his betrayal.

The dynamics of the linear plot of the melodramatic short story with ethical undertone are enlivened by the embedded narratives about the brother and sister's childhood, their related experiences in the artistic family, which contrasted with the later alienation caused by her brother's vile deed, no matter how he was later tormented, Yan Xiangmo's love affair with adventurer Chen Yu. All these elements not only complement the overall story, but also highlight the characteristic features of the characters, including sisterly care for a helpless older brother, the main idea of real and false, outwardly aestheticized phenomena, which was voiced by Yan Xiangmo's father, who was taught by the bitter life experience of unfavorable theatrical and social circumstances: "Society admires my life, which I spent playing the roles as I understand them, but the woesome life in which I considered myself superior to others, turned me into its slave…". Unfortunately, the daughter did not listen to his wise confessions. Arriving at the theatre "Garden of Sleeve Waving", full of high hopes for the actress' future, she was forced to go through a series of painful disappointments, which fortunately were compensated by a happy ending.

Domestic vicissitudes overwhelm the psychological "novella" "I love you". The author's definition is probably not accurate, because it is a large-scale short story with a single-line plot, which undergoes minor modifications in various episodes, focusing on the main character's trials. Daily worries tend to serve as a background of seemingly inconspicuous drama of life, consisting of ambiguous human relationships, attempts to understand each other, family break-ups. Primarily it concerns the issue of motherhood, because the main character Xu Mengnan repeatedly finds herself at the crossroads of women's happiness, which constantly slips through her fingers and returns back in another qualitative sense. As a kindergarten teacher, who won children's hearts, she constantly feels the pressure of parents who demand her to marry urgently. However, her marriage to Chen Bosheng was unsuccessful not only because the company where he worked went bankrupt, but also because his young wife caught him cheating. After the divorce, her ex-husband's family tried to take daughter Tiantian away from her in court, although initially they hadn't been able to accept the birth of a girl instead of a boy. The wealthy He Yundi, who helped her to found a small restaurant and took care of her daughter, a "little princess", saved the lone Xu Mengnan from a hopeless struggle for existence. The writer does not specify what the relationship will be between the two adult characters, interrupts the story by a chance meeting of the main character in an amusement park with Chen Bosheng, who asked for permission to return the love of his ex-wife, but she rejected him out of hand. Sincere heartfelt feelings still focus on motherhood, on the relationship of Xu Mengnan and little Tiantian. Here any judicial verdicts are powerless. JoAnna nowhere defines the concepts of "love" and "happiness"; she only shows what they can be in a particular human life, in women's fate. Moreover, fate may differ, as in the short story "Tale of the village". The spiritually rich protagonist Ruo Jun, at the will of her parents, marries a wealthy but mentally ill Xu Zhe, despite falling in love with the intelligent Chen Shen, who gave her a jade wedding ring as a token of fidelity. The bullying began as soon as the main character, who remained anonymous for a long time, crossed the threshold of another's family; and later, while pregnant, she risked to escape from the sadist. A delicate peasant, senior Sung, accidentally stumbled upon a barely alive woman. Without asking her anything, he took care of her, and after woman's death – of her daughter too, who considered him her father. People perceived the girl in untidy clothes inadequately, called her "stupid". Chen

Shen, having returned with money from abroad, not being able to find his beloved, experienced deep stress until he learned the bitter truth about her and recognized her in the girl, with whom he would obviously connect his life.

In addition to dramatic collisions, JoAnna turns to humorous sketches such as the domestic short story "Enterprise Culture". Its plot focuses on the main character He Wenqing and other characters: on the director Tan, entrepreneur Fan Ao, the ones sometimes indicated by concise ironically-characterological remarks (clerk Lin, senior Wu, etc.), who take part in various episodes, in particular in the competition. The young, proud manager He Wenqing embodies a modern woman who does not accept gender violations in industrial relations, doubts about women's professionalism, including masseuse, so she taught the arrogant Fan Ao a lesson. Aiming to be a leader in any situationo, she, too emotional in nature, sometimes loses control of herself, such as during sports competitions (relay race around the city) for a high reward, when as a team captain broke their rules. The police station, where the main character got to, has not yet become a lesson to her, has not affected her impulsive behavior.

JoAnna offered a gallery of female psychotypes, different in fate, temperament and nature, and unobtrusively raised the feminine problem in the narrative version, which probably applies not only to the Chinese present, but also to the modern world as a whole, marked by gender trends. The writer finds her characters both in the period of the Republic of China in 1912–1945, and in the present, apparently having appropriate motives to do so. Perhaps her short fiction, focused on the inner world of the characters, has the properties of visionary, cognitive, moral writing, in contrast to hallucinatory (Mo Yan) or inclusionary (Mai Jia). It is partially close to the "bureaucratic" literature, and develops in the stream of neorealism, substantiated by Chi Li (1987), "description of one hero" in everyday life, in the emotional experiences of reality, in its historical and philosophical consciousness.

Yurii Kovaliv,
Doctor of Philological Sciences, Professor,
Professor of the Department of History of Ukrainian Literature,
Theory of Literature and Creative Writing,
Taras Shevchenko Kyiv National University,
laureate of the Shevchenko Prize

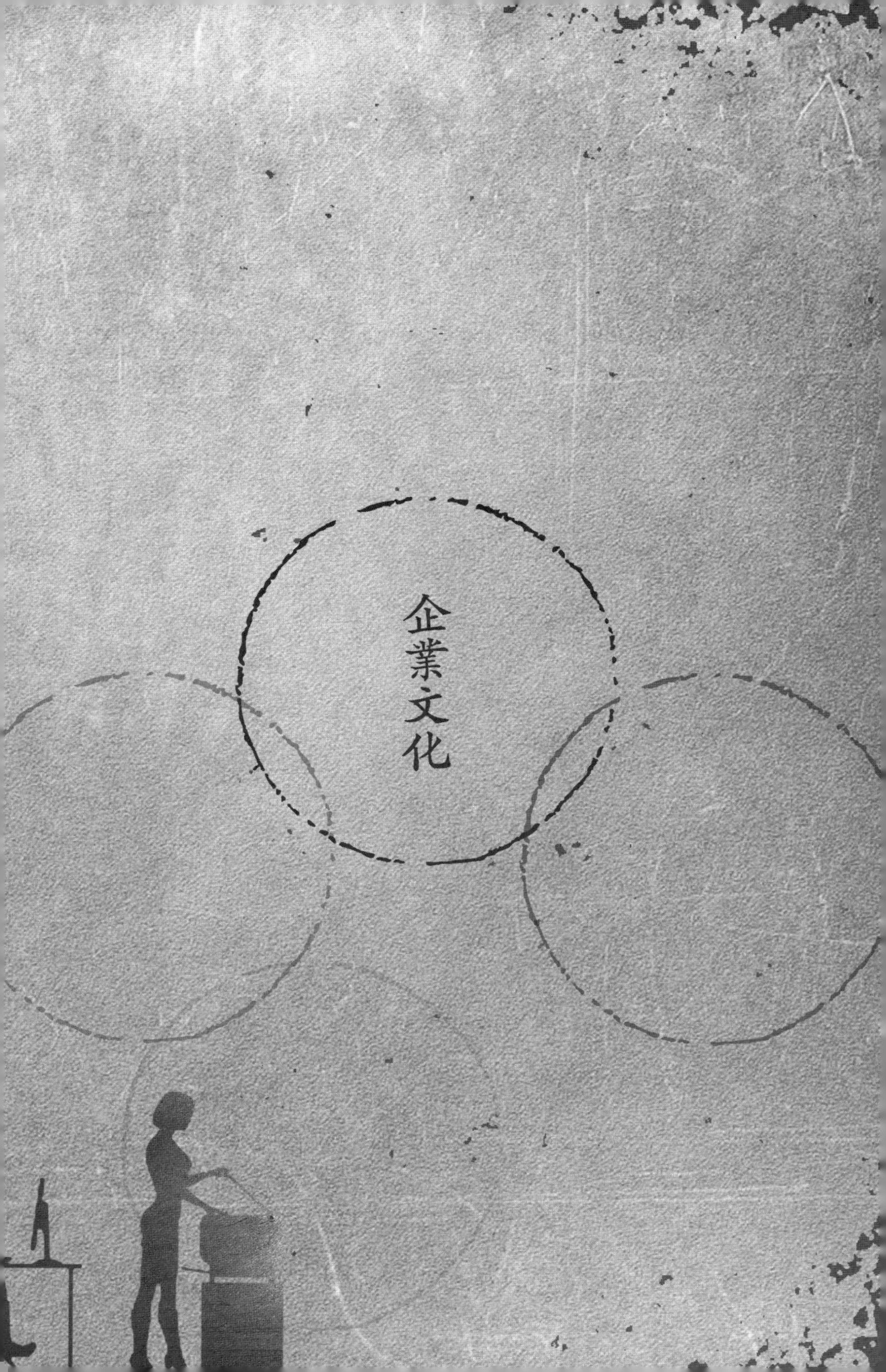

企業文化

1

幽靜的小林裡坐落著一幢恢宏的建築，高挑的廳堂和氣派的大門讓獨立的小樓看上去富麗堂皇。大廳裡彌漫著濃郁的香水味，繁複的燈飾發出淡淡的光芒，形色不一的男女三個一堆，五個一群，他們摟摟抱抱，舉著細高的玻璃杯談笑風生，繚繞的煙霧從一張張紅唇間嫋嫋升起。

「吱……」，門開了，三位意氣風發的年輕人款款而來……

林秘書一身知識分子的打扮，厚厚的鏡片架在一雙滴溜亂轉的小眼睛前，他順應時代潮流，為人圓滑，但內心深處依然留著一份純真；吳哥穿著一身筆挺的西裝，他老實忠厚，為人誠懇，總在背後默默守護心中最珍貴的美好；走在最中間的是何文卿，飄逸的長髮下一張俊秀的臉散發出幾分青澀，她就是人們口中的「海歸」。何文卿性格直率，十分重感情，回國後和一群志同道合的朋友開啟了漫長的創業之旅。

「范先生，您好！」文卿笑著走向范敖，禮貌地打招呼。

「范先生？」坐在旁邊的人十分藐視地重複了一次，濃濃的諷刺味呼之欲出。「要麼說新人呢，叫范總！」

「范總，您好！初來乍到，以後還勞您照顧。」文卿立刻改口。

「好說，來，坐。」范敖拍了拍身邊的空位，一臉贅肉在燦爛的笑容裡抖個不停，泛著金光的眼睛死死地盯著文卿被衣服擋得嚴嚴實實的「事業線」。

「來，我敬你一杯。」一個滿臉油光的男人邊說邊把盛滿酒的杯子推到文卿跟前。

「實在抱歉，我不會喝酒。」文卿婉拒。

遞酒的人皺著眉頭深吸了一口指縫間的雪茄，幾縷青煙沿著泛黃的齒縫溜出，從他眯成一條縫的眼睛前徐徐升起，他沉默了一會兒，用低沉的聲音說：「不會喝酒，那就不好照顧了。」

「譚總跟你開玩笑呢！」范敖打破僵局笑著說，一隻手順勢搭上了文卿的肩。

「譚總，來，我敬您，」一個妖嬈的女人走來，諂媚地說。她輕盈的身子一溜煙的功夫就滑進了男人懷裡。「年輕人，不懂事，您別跟她計較。」

文卿百般忍耐，勉強擠出一個笑容，暗暗地移了移位，范敖的手自然地落到了沙發上。

「譚總，」其中一位說，「今天特意為您請了專業的『按摩師』，一會兒可要好好享受！」

「那怎麼好意思，范總面前，我哪敢放肆。」譚總口是心非地恭維了一番，然後突然扭轉話頭：「聽說何經理按摩有一套，要不給我們范總露一手？」

「什麼聽說，聽誰說的？臭不要臉！」文卿心裡不禁暗罵起來。

「那就太榮幸了。」范敖順著杆子就往上爬，不安分的手再次搭上了文卿的肩。

站在一旁的吳哥正要上前解圍，卻被林秘書拽了回去：「得罪了范總以後的路不好走，再看看……」

「哈……哈……哈……」這時，文卿機械的笑聲響徹整個大廳，她一把拍在范敖後背。「按摩，您早說啊，我拿手，走，進屋！」

范敖跐溜進嘴的酒還沒來得及下咽就被措手不及的一巴掌給拍了出來，沿原路流回了懷裡。他愣了幾秒，緩過神來，眯起小眼睛，驚喜地望著文卿說：「開竅了，走！」

吳哥和林秘書一臉茫然地看向文卿，心裡不禁嘀咕：「難道她瘋了不成？……」文卿若有所思的臉上漸漸露出狡黠的笑容，衝吳哥眨了眨眼。

文卿與范敖走進房間，「來，我幫您寬衣。」文卿故作姿態。失魂的范敖跟撿了錢似的，傻呵呵地笑個不停，任由文卿撥來轉去。文卿連撕帶扯地弄開了他的衣扣，范敖豐盈的大肚腩急不可奈地一躍而出，一條印滿卡通圖案的大紅褲衩在千篇一律的房間內立即變成了一道亮麗的風景線……文卿將他的衣服隨手往地上一扔，然後一把推倒范敖，按住就是一頓打，把心中所有的不滿化作能量釋放出來。「按摩是吧？我讓你按摩，讓你按……」文卿一邊用力打，一邊自言自語地發洩。范敖被拍得暈頭轉向，幾次想回過頭來都被文卿狠狠地按了回去，「范總，我最拿手的就是踩背。」文卿喘著粗氣說，話音未落就踩了上去，一腳接一腳……

2

「你沒事吧？」吳哥關切地問。

「范敖這個王八蛋，臭不要臉！」文卿一肚子火，唾罵道。

「你懂什麼，這叫『企業文化』！」林秘書小聲嘀咕。

「什麼玩意兒？企業文化？」一腔怒氣的文卿四下尋望了一番，最後拿起手邊的文稿朝林秘書砸了過去。「文化？你怎麼不去！」

林秘書瘦高的身子靈活地閃到桌後，探出半個腦袋，扶了扶眼鏡委屈地說：「人不是沒看上我嘛！」

「滾！」文卿憤怒中透著無奈。

「回來！」不等林秘書跨過門檻，文卿再次喊道。「我讓你找的人呢？」

「早來了，一直等著呢。」

「讓他們進來。」

辦公室裡鴉雀無聲……

文卿用懷疑的眼光審視眼前三位萬中選一的「工程師」：

宋師傅身材瘦小，皮膚黝黑，一口雜亂的大白牙此時顯得越發亮澤，他看上去一副常年風吹日曬的模樣；黃師傅一臉滄桑，皺巴巴的衣服上能刮下一層灰；小韓是三個人裡最年輕的，看起來毫無經驗，應該是另外兩位的學徒。

何文卿努力壓制心中的怒火，僵硬的臉上擠出一個抽搐的笑容，她鋒利的目光瞬間投向站在一旁的林秘書，林秘書一臉尷尬，湊到文卿耳邊輕聲說：「人不可貌相，三位師傅經驗豐富……最重要的是……便宜！」這句話莫名地刺痛了文卿的心，「明天開工！」文卿也沒奈何，只好妥協宣佈。

工人們在三位「工程師」的帶領下風風火火地開工了。工程按計劃一切順利進行，轉眼七夕將至……

林秘書長相「別致」，不過對老婆卻是百般疼愛，至於生活，更是不乏情趣，這不，早早就開始神秘地給老婆準備禮物了。「林秘書！」正好路過的文卿大聲喊。

「何經理，您找我？」林秘書連忙藏好禮物問。

「嗯，快過節了，你去準備些禮品送給工人，另外，節日當天休息，讓大傢伙兒也回去陪陪家人，還有，什麼何經理！叫我文卿！」

「好，我馬上去辦。」林秘書爽快地答應。

「親愛的，七夕快樂！」這天夜裡，林秘書回到家，拿出一個小禮盒「油膩」地說，濃濃的小細眉順勢往上挑了挑。「我先去洗澡，等我。」

林秘書洗完澡見老婆已在床上躺好，滿心的歡喜怎麼都藏不住。他躡手躡腳地走過去，悄悄躺在旁邊。正準備大幹一場的時候，「哐！」一聲巨響，林秘書滾到了地上。「滾！送兩瓶蜂蜜還想上老娘的床！」林秘書的老婆氣憤地大喊。

「媳婦，我回來了！」黃師傅回到家，對忙著做飯的媳婦說。

「飯馬上就好。」

「嗯，這期工程的老闆真不錯，今天特意給我們放假，還送了禮物！」黃師傅一邊說一邊打開禮盒：

一條蕾絲小短裙、皮鞭、蠟燭……迷茫和困惑的臉上仿佛有一絲驚喜，他難以置信地揮了揮小皮鞭，喃喃道：「這……這……女老闆也是『文化』人啊！」

「什麼禮物？」

「哦，我……那個……著急回家，落在工地的宿舍了。」黃師傅連忙藏起禮盒，支支吾吾地說。

3

清脆的鳥鳴聲喚醒了沉浸在夢鄉的人，一縷朝陽穿過淡淡的雲煙灑了下來，工地再次喧鬧起來，大家各司其職，一切都井然有序。

「隆隆……」一輛豪華轎車停在路邊，幾名黑衣保鏢從車裡出來，最後是范敖，他叼著雪茄，傲慢地朝工地走來。「何經理，這工程現在是我們范總的。」范敖的秘書趾高氣揚地說。「這是文件。」

「范敖你混蛋！」文卿得知工程的事就此泡湯，內心深處的鬱悶和無奈化為力量在一瞬間爆發：她不受控制地衝向范敖對他拳打腳踢。

「呸！」范敖搓著小碎步，扭著他肥碩的身軀一邊後退一邊氣急敗壞地朝文卿吐口水。

「呸……呸……呸……」文卿也不甘示弱，加倍朝范敖吐了回去……眾人紛紛上前，費了九牛二虎之力才將兩人拉開。

黃昏悄然而至，夕陽的餘暉灑滿了這片土地，照在文卿失落的臉上，她用手理了理蓬亂的頭髮，整了整衣衫，撿起落在地上的鞋，沉默了一會兒，懷著悲傷離開了。

工人們知道情況後也紛紛散了，「何經理，實在不好意思，家裡還有幾張嘴等著吃飯呢，我……」公司裡寥寥無幾的員工也陸續離開了……

半夜，皎潔的月光照亮了整個工地，一個落寞的身影漸漸浮現。工地不起眼的角落裡，何文卿盤膝而坐，凝視著前方……眸子裡寫盡了心中的酸楚。

吳哥從後方走來，默默地坐在何文卿身邊，輕輕拍了拍她的肩膀，溫柔地說：「沒事，咱們從頭再來！」文卿轉過頭來看著吳哥，心中千言萬語卻不知如何開口。

「還有我們！」三位「工程師」從不遠處走來，對文卿說。

「也算我一個。」一同走來的林秘書疾呼。文卿回頭望，眼前這幾張熟悉的面孔掛滿了關懷。

「有大老闆要來咱們鎮，你知道嗎？」黃師傅問文卿。

「什麼大老闆？」

「你不知道啊？這個大老闆要來咱們這兒辦一場運動會，獎金 100 萬呢！」

「你聽誰說的？」

「整個橋頭貼滿了宣傳單……」

「橋頭？」文卿驚訝地看向黃師傅，隨即會心一笑。「認識你們是我的榮幸。」

「什麼運動？」文卿激動地問，失落的臉上再次出現活力。

「環城接力賽！」

「好，報名去，咱把那 100 萬贏回來！」文卿沉默了一會兒，頗有信心地說。大家看到文卿又恢復了往日的鬥志，開心地笑了。

「好，我參加，」吳哥第一個伸出手，堅定地說。

「我也去，」林秘書連忙說，把手搭在吳哥手上。

「還有我們……」

文卿努力抑住眼眶中奔騰的淚花，將手搭在大傢伙兒的手上：「加油！」

眾志成城的喊聲在月朗星稀的夜晚久久迴蕩……

豪華的大廳裡，錯落有致的紅木傢俱間鑲嵌著名貴的地毯，綺麗的油畫為單調的四壁添上了幾分藝術氣息，典雅奢華的沙發上，范敖優雅的蘭花指高高舉起一面精緻的鏡子左看右看，各種擺弄……

「范總，打聽到了。」一個穿黑西服、滿臉猥瑣的人火急火燎地跑來對范敖說。「他們要報名參加環城接力賽。」

「去，報名！我們也參加！」范敖拿出一把小梳子，捋了捋「地中海」周邊稀疏的「草木」，一個陰險的笑容綻放在他圓潤的臉上。

4

「加油！加油！」翹首期盼的環城接力賽終於開始了。第一棒是小韓。他體格健壯，仿佛一頭雄獅，咆哮著衝向前方。文卿和林秘書拿著自製的橫幅前來支持——一塊紅色的布條，上面歪歪扭扭地寫著「加油！文卿隊！」。年輕力壯的小韓果然沒讓文卿失望，很快接力棒就傳到了黃師傅手中，黃師傅也不遜色，全力向前奔跑……

一陣隆隆聲從遠處飄來，放眼望去，一個「龐然大物」壓著一輛女士小摩托翩然而至，朝黃師傅的方向去了……「嗖！」女人拿出小皮鞭猛地抽向奔跑中的黃師傅：「皮鞭、蠟燭、蕾絲……你想幹嘛？自個兒長啥樣心裡沒數嗎？」

「媳婦兒，你咋來了？」

「你還知道你有個媳婦？給誰買的？」

「不是……這個……它……對了，這我特意給你買的……」黃師傅見一時半會兒也說不清楚就隨便搪塞了一句。

女人聽了這毫無說服力的解釋頓時火冒三丈，一腳油門就衝了上去，富有節奏的小皮鞭在湛藍的天空劃出一道又一道美麗的弧線。

「媳婦，你聽我解釋……」

於是，另一場追逐賽開始了……

看著越來越偏離賽道的黃師傅，文卿忐忑不安，她毅然脫下外套，把手裡的橫幅像褲帶一樣繫在腰間，衝上賽道，撿起接力棒朝宋師傅飛奔而去。

一旁的林秘書迷惑地接過文卿甩來的衣服，立刻跟了上去。

何文卿雖說是女人，跑起步來一點兒也不含糊，不一會兒就遙遙領先了。

「加油！加油！」林秘書聲嘶力竭地為文卿打氣。接力棒成功交到了宋師傅手中，氣喘吁吁的文卿一下子坐在地上，默默注視著宋師傅漸漸遠去的背影，豆大的汗珠不停地沿著她通紅的臉頰落下。不一會兒，她迅速起身，再次追了上去……

宋師傅身材矮小，卻是動力十足，他一馬當先，把眾人甩在身後，文卿滿臉欣慰，看著宋師傅不斷大喊：「加油！」這時，幾個五大三粗的人漸漸聚攏到宋師傅周邊，把他圍得水泄不通。

「你去接力，這兒我們頂著！」文卿焦急萬分和林秘書衝上前跟這群人周旋起來。

宋師傅迷你的小身板穿過人群再次踏上「征途」。

柏油馬路兩邊鑲嵌著一片片綠油油的田地，當地人戴著草帽，躬下身子在這片肥沃的土地上辛勤耕耘，遠處坐落著一排排不太高的樓房，在陽光的照射下閃閃發光。

「幹什麼？打架？我三歲就會了！」文卿扯著嗓子，聲音微微顫抖。「我少林寺畢業的！你敢過來！我就不客氣了！」

黑壓壓的一群人朝文卿和林秘書踱步逼近，領頭人叫阿三，是范敖的保鏢。「我真不客氣了啊！」文卿擺弄出一副「武林高手」過招的姿勢大喊。

「來人啊！非禮啊！……」文卿撕開褲腿，順勢往地上一躺，又哭又喊。一旁的林秘書見勢也跟著往那一躺。

「別，別……別他媽亂喊！」一群人頓時驚慌失措，立即停下了腳步。喊聲驚動了遠處的村民，大家伸直腦袋，不約而同地望向這邊。

「大哥，趕緊走吧，別把事鬧大了！」

「走！」

文卿見那群人灰頭土臉地走了，趕緊爬起來，踢了踢旁邊的林秘書。此時，林秘書早已深陷角色，一副看上去有點兒嫵媚又有點兒期待的樣子：「非禮啊……」

文卿一臉驚愕又無可奈何：「起來！淨想美事，有女的非禮男的嘛！那能叫非禮嗎？那叫美夢成真！」

林秘書連忙起身，幫文卿拍了拍身上的塵土。「咱們趕緊去終點，比賽快結束了。」文卿說。

這時，一陣嘹亮的隆隆聲傳來，「龐然大物」再次登場，後面坐著黃師傅，凌亂的他在風中緊緊摟著女人像城牆一樣結實的腰身，幾縷飄逸的長髮在額前肆意狂舞。

「大妹子，對不住啊，是我誤會了！」黃師傅的媳婦爽朗地說。「上車！我送你們！」

「上車？我們？……四個人？」文卿和林秘書滿臉迷茫，覺著不可思議。

和煦的陽光照耀在平坦的瀝青路面，仿佛一條金色絲帶，四個「龐然大物」壓著一輛小摩托朝勝利的終點駛去……

「現在我宣佈，」主持人拿著喇叭大喊，「獲得獎金的是——范敖隊！」

「憑什麼？我們先到的！」匆匆趕來的文卿擠出人群大喊。

「你們違反了比賽規則！」主持人說。「隊長不能參加比賽！」

文卿炙熱的心瞬間冰封了……

「對不起，請讓一讓，我們是員警，誰是范敖？」這時，一群穿著制服的人從擁擠的人群中脫穎而出。

「我，我是，什……什麼事？」

「有民眾報案，你涉嫌強姦，跟我們回警局！」

派出所裡：

一個體壯如牛的女人倉皇趕來，犀利的眼神四下搜尋，最後停在了蹲牆角的阿三身上，「啪」，女人幾個箭步上前，一記響亮的耳光俐落地打在阿三臉上：「家裡沒『飯』吃？長出息了？跑來『搶』？」

「沒搶……媳婦你聽我解釋……」

禁煙令

深冬的晚上，刺骨的寒風呼嘯而起，它冰冷的雙翼冷漠地掃過大地，然後在每一個黑暗的角落聚攏。幽靜的小院裡矗立著玉砌的亭台，雕花的欄杆，還有別致的閣樓。

深邃的迴廊上，一個驚鴻的身影在朦朧的月色下翩然起舞：時而輕盈優美，讓人不禁心生憐憫；時而威武有力，讓人萌生敬畏。他戴著一副濃妝勾勒的面具，慘白的面上兩個紅點構成了心形的小嘴，嫵媚的雙眼上方是兩條短粗的黑線，略顯滑稽。暗紫色的長褂嵌著淡粉的暗花，讓他看上去身姿挺拔又不失婀娜。

「諾公公……」一位下屬匆匆來報。

「何事？」諾公公用細膩且低沉的聲音問。

「東郊的煙館……」那位下人極度不安，吞吞吐吐地回答。諾公公摘下面具，漸漸回過頭，鋒利的眼神如一把寒劍刺向他。

「沒了……」下人發出顫抖的聲音。「裡面的人都被移到了融安堂……」諾公公驀地抽出侍衛的佩劍，一道亮光閃過，稟報的人就倒在了冰冷的地上。

諾公公用一塊粉色的絲帕輕輕地擦了擦手，挑著柳葉細眉扯著嗓子說：「咱家不養閒人。」然後吩咐下人處理乾淨。接著，他對身邊的蒙面少年說：「去查！」蒙面少年微微點頭轉瞬消失在夜色。

諾公公整了整衣襟，邁著輕盈的步伐走向對面的廂房。「諾公公，」看守人躬身並尊敬地招呼，同時為他打開房門。

屋裡住著啞女。她楊柳宮眉，膚如凝脂，雖然衣食無憂，卻不能隨意走動，然而被困在房間裡的她透過稀疏的門縫將剛才的一幕盡收眼底，女人不禁顫抖。見公公朝自己來了，她立刻驚恐地縮回遠離木門的角落，蜷成一團，瑟瑟發抖的雙手緊緊抱住自己的雙肩。

諾公公緩緩走向女人，將花容失色的她輕輕扶起，一同坐在桌前的圓椅上。他用柔和的眼神打量眼前的妙齡少女。「公公，」僕人送來飯食，見諾公公一個手勢，連忙進屋，小心翼翼地把飯菜放在圓桌上，隨即躬身退出門外。

窗外，雪花飛舞起來，隨著寒風飄起，然後又溫柔地落下，很快就為寂靜的庭院鋪上了一層新裝。啞女與諾公公相視而坐，女人不聽使喚的手盛起一顆湯圓戰戰兢兢地送往公公嘴邊。小小的湯圓在女人哆嗦的手裡不停地打著滾兒，最終灑在了公公身上，公公溫和的目光變得犀利起來，直勾勾地盯向啞女。她驚慌失措，立即跪在地上，明亮的眼睛裡充滿了恐懼和哀求。此時，窗外閃過一道黑影，諾公公徐徐起身，看了一眼被湯水浸濕的衣衫，什麼也沒說，靜靜地走出了房間。

「融安堂是京城一家藥鋪，新開不久，主要救濟吸食大煙的人，東郊煙館的火是他們放的。」蒙面少年匆匆趕回，回稟道。

寬闊平坦的大街在冬夜裡空無一人，漫天大雪紛飛而下，諾公公一襲紅衫，墨色的夜空下依然可以看出他的冷豔和高貴，勻稱的身材帶著幾分優雅，黑色毛領上方，一張俊俏的臉在昏暗的光線下肆意地撩動不羈的心弦。他撐著一把畫滿牡丹的油紙傘邁著矯健的步子行走在冷落、岑寂的大道上。

不多一會兒，諾公公就到了融安堂。大廳兩側擺著幾張茶桌和數把木椅，正中央是半人高的櫃檯，後方是藥櫃，大小勻稱，排列整齊，一群穿素袍的人在櫃檯和側廳之間來回奔波。側廳不時傳來各種苦澀的呻吟，那裡躺著很多人，他們骨瘦如柴，有的被綁著，有的被藥鋪的夥計按著，大掌櫃和幾位學徒圍在周邊為他們醫治，他們看上去痛不欲生，不停地喊：「給我煙……」

「你救不了他們，」公公收回灑落在那些人身上的目光，眺向藥鋪大掌櫃，一個輕蔑的笑容浮在他清秀的臉上。「靈魂都腐了，何救？」

「在下盡力一試。」大掌櫃微笑著說。「請問閣下光臨寒舍……？」

「瞧病。」公公挑了挑眉，走到廳旁的木椅前坐下，伸出一隻手，用一種耐人尋味的眼神看著他。大掌櫃見勢立刻跟了過去，準備接過公公伸出的手號脈。這時，公公嘴角微微上揚，一個反手抓住了大掌櫃的手，兩人交起了手，一時半會兒也分不出高低，最終，公公一個壓腿將掌櫃踢來的右腿壓在木椅旁的茶桌上，精巧的茶桌在洪荒力量的壓迫下裂開了，兩人都將腿收了回去。

「大師兄……」幾位學徒關切地喊，滿心不悅地衝上前想要討個說法。大掌櫃深知他們並非對手，連忙攔下他們。

公公微微一笑，倨傲地看了一眼大掌櫃，轉身朝門口去了。剛出大門，迎面走來一對夫婦，他冷冷地瞟了小兩口一眼，那兩人似乎被他的冷豔勾去了魂，竟莫名其妙地停下來，站在一旁看著他揚長而去的背影，久久回不過神來。

這對小夫婦是融安堂大掌櫃何正廉的師弟少賢和師妹亦蘭，他們一同拜在孤月山莊徐四爺門下。

「你們怎麼來了？」何正廉十分驚喜。

「大師兄。」這對夫婦異口同聲。

「我們來助你硝煙。」亦蘭迫不及待地脫口而出。

「太好了，快，進屋說。」

「大師兄，剛才那人誰啊？」亦蘭好奇地問。

「不清楚，來瞧病的。」何正廉略感不安，臉上浮著濃濃的憂慮之情。

「不說這個了，大師兄，師父讓我交給你一個錦囊。」少賢一邊說一邊往外拿錦囊。

何正廉接過錦囊一看，沉悶的臉上露出微笑：「師父讓我們找劉莆大人，他會幫我們。」

朦朧的破曉在沉寂中撕開了一道口，稀薄的柔光映照著紫禁城的每一片青磚紅瓦。

「你們倒說說看，這煙，該如何禁？」高高在上的皇帝扯著嗓子問。書房裡一片寂靜，大家相互對視一眼，無人回應。

「怎麼不說話了，都啞巴了？」皇帝指責道。「劉愛卿。」

「臣在。」

「禁煙的事一直交由你辦理，如今……煙霧依舊，哀嚎不斷……」

「臣無能，定會加大力度查辦。」

「罷了，這事你不用管了，交由諾公公處置，沒什麼事就跪安吧。」

「臣告退。」所有人躬身退出書房。

「奴才告退。」諾公公唯唯諾諾地退出了書房。

「恭喜公公。」

諾公公微微回眸，是豫將軍，正笑著向他道賀呢。

「喜從何來？」

「公公領得美差，禁了煙，那可是大功一件！」

「滿朝文武都禁不了，咱家何奈，聽命行事罷了。」公公寒暄了幾句，轉身離開了。

「據探子密報，京城郊外不少煙館都是他的。」身邊的副將湊上前。

豫將軍若有所思地看著公公離去的背影，臉上透出一絲狡黠，心中不禁暗想：「若能為我所用，豈不事半功倍？」

「盯著公公府。」他對身邊的副將說。

寒風刺骨的冬夜遠不像夏季那般清涼舒適，稀疏的草木蕭然默立，蔭影濃重，一股酸澀的憂傷在空氣中彌漫開來。融安堂燭光依舊，哀嚎連連，藥鋪夥計們匆忙的身影穿梭在大廳之間。側廳廂房內，劉莆來訪，與何正廉及其他幾位師弟促膝長談。

「皇上把禁煙的事交給了諾公公。」劉莆感慨萬分，語氣中帶著一些無奈。

「宦官也能插手政務？」端茶進屋的亦蘭驚訝地問，臉上透著一股淡淡的怨氣。

「諾公公與其他宦官不同，他有勇有謀，在朝廷錯綜交織的關係中自成一派。」劉莆看了看亦蘭，沉默了一會兒解釋道。

「大人可想過與他聯手？」何正廉說。

「諾公公孤傲冷漠，未摸清底細之前不宜操之過急。」劉莆搖了搖頭，嘆息道。

「如今，禁煙令落在他手裡，不知是友還是敵。」少賢補充。

「也只能靜觀其變，等待時機了。」劉莆接著說。

新鮮的冷風裹著煙鬼們的哀鳴聲穿過窗戶的縫隙迎面撲來，眾人沉默不語，聆聽他們來自靈魂深處的吶喊，任它們在這蘊藏著無數寂寥的深夜裡久久迴蕩。憐惜、焦慮、痛心，卻無計可施。

深宅大院中，公公身著墨橘色長衫，黑色鉤花依附在裙擺兩側，雪白的毛領披風無處不透露著雍榮華貴，他抬頭仰望，只有無垠的黑。他緩緩抬起手，在這幕布般的漆黑中比劃出一個圓，眼中透過一絲溫柔和幾分苦澀。突然，一道劍影閃過公公白皙的臉龐，他淡定地露出一個沉著的笑容，回過頭，繼續欣賞自己在這片黑暗裡勾勒出的「明月」。劍氣瞬間而至，他轉身迎敵，不出三招斷劍落地，來人被俘。

「是你。」公公打量了一番，正是前日在融安堂門口遇見的小娘子。他輕輕托起亦蘭尖尖的下頜：「好一張嬌滴滴的臉。」

亦蘭什麼也沒說，只是不屑地看著他，明亮的眸子裡寒氣逼人。

「真讓人討厭，帶下去！」諾公公的手緩緩拂過亦蘭桃花一樣的臉，用低沉的聲音對一旁的下人命令道。

公公一個手勢，藏在黑暗裡的蒙面少年慢步走來。

「放出聲去——有刺客夜訪。」公公對少年說。

清晨，嬌羞的太陽悄悄爬上山頭，它粉撲撲的圓臉蛋兒似畫中的仙娥，無限柔情。明媚的陽光透過淡淡的白雲撒滿這座森嚴城池的每一寸土地，大街小巷人頭攢動，各歸各位。

「師兄……」一名融安堂的弟子急匆匆地趕回來，剛到門口就氣喘吁吁地大喊。眾人皆上前焦急地看著他。「不好了，亦蘭師姐被綁在城門口……」

「我去救她。」少賢一個箭步衝向門外。

「慢著，先聽師弟把話說完。」何正廉一把抓住少賢，勸阻道。

「師姐潛入公公府邸刺殺被俘，現在被公公捆在城門前的空地以示警誡，周圍全是公公的人。」

「一定是昨夜聽劉大人說……她太衝動了！」少賢焦急萬分，無奈地說。

「我們晚上去救人，現在人太多，勝算不大。」何正廉思索了一番對少賢說。

寒夜，何正廉帶著諸師弟來到城門附近。亦蘭面目憔悴，被綁在空地中間的柱子上風吹日曬。

「可能有埋伏。」何正廉一把拉住正要上前的少賢。

「啪，」亦蘭突然一口鮮血噴出，一雙明亮的大眼睛不捨地緩緩合上。

「蘭兒……」悲痛欲絕的少賢衝上前。

這時，諸公公從亦蘭身後走出，他整齊的辮尾裝飾著剔透的白玉，翠綠的長衫繡著淡粉色的碎花，華麗的綢緞在皓月下越發璀璨。他挑了挑眉，對他們露出一個傲慢的笑容。

少賢瘋了一樣撲向公公，不出幾招便被公公打倒。這時，少賢身後的弟子一副義憤填膺的模樣衝了出來：「哼！看招！」他高高翹起蘭花指，溜到諸公公跟前，扭著柔弱的身子，靈活的雙腳沿路面左滑右滑，憤怒地攻擊。諸公公突然萌生玩心，他不慌不忙，左扭右扭，幾個閃躲就破了來人的路數，他邪魅一笑：「這套娘娘拳打得不錯！」何正廉見身邊的弟子盡數受傷。連忙掩護師弟們先走，自己留下與公公周旋。

諸公公並沒有派人追趕，任他們倉皇逃走，轉而將目光投向了眼前的何正廉，兩人功夫不相上下，颯爽的身姿在清淒寂冷的夜色中劃過一道道亮麗的風景線，突然，何正廉一掌襲來，狠狠地打在了公公胸前，公公不敵掌力，後退數步，他撣了撣胸前的衣衫，詼諧一笑：「討厭。」緊接著，他幾個健步上前，何正廉無從閃躲，被公公踢傷。

「押回去。」公公吩咐身邊的下人。

「公公，這女的怎麼辦？」其中一名下人問。

「拉出城，埋了。」公公看了一眼亦蘭說，然後趾高氣揚地消失在黑夜的盡頭。

紅簾帳前，啞女與公公並肩而坐。諾公公靜靜地看著啞女，眼中無限柔情。

「公公，」諾公公起身朝門口去了，臨走時吩咐下人進屋小心伺候。

僕人們進屋，將各種各樣的山珍海味盡數擺上桌，其中一位躬身說道：「姑娘請慢用，您有事就敲敲桌，奴才在門外候著。」

庭院的角落裡，蒙面少年將食盒遞給公公並微微點頭以作示意。公公拿著食盒離開了。

昏暗潮濕的地牢裡，何正廉不可思議地望著自己的雙手發呆。他陷入沉思。

「吱……」牢門開了，何正廉抬頭看，是諾公公，此時的他穿著一身桃粉色長衫，翩然而至。

他將食盒放在桌上，見何正廉眉頭緊鎖，於是斟滿兩杯酒，拿起一杯一飲而盡。「放心，咱家若要殺你，用不著下毒。」諾公公嫣然一笑，邁著輕盈的步伐離開了。百感交集又一頭霧水的何正廉顧不了那麼許多，他索性端起酒杯一乾而盡。

「師兄！你醒了！」融安堂裡，幾位師弟照顧重傷的少賢。少賢沉重的眼簾緩緩睜開，焦慮地問：「蘭兒呢？」眾人低頭不語，「大師兄呢？」

「大師兄一直沒回來。」其中一人低語。

「別動，你傷得不輕！」眾人攔下吃力起身的少賢。

「大師兄！」這時一名弟子突然喜出望外地喊。

「你們沒事吧？」何正廉大步走來，心切地問大家。

「蘭兒呢？」痛徹心扉的少賢不安地問。

何正廉看著悲痛不已的少賢，不知如何開口，支支吾吾地半天沒說出一個字來。

「她沒事。」這時，一位白褂少年走了進來。「我在進城的路上救了她。」

白褂少年看著大家懷疑的眼神，拿出一支玉簪，微笑著說：「她讓我來的。」

「是她，這是我送她的。」少賢一把接過玉簪，激動地說。「她在哪兒？」

「我把她安置在農戶家，有人照顧她，你大可放心。」白褂少年沉默了一會兒接著說：「她現在不宜在城中露面。」

少賢滿臉疑慮地看著眼前這位少年。

「他說的對，亦蘭現在回來很危險，倒不如先在城外養傷。」何正廉想了一會兒，對少賢說。

「多謝小兄弟，不知怎麼稱呼？」何正廉萬分感激。

「尹笙，」說罷，將一封信交給了何正廉。

「快，奉茶！」何正廉看完信，連忙對一旁的師弟說。

「師父何時來京？」

「就這幾天。」

「師父要來？」眾人相互一視，喜上眉梢。

夜半更深，何正廉的房間仍然閃爍著暗淡的燭光。他望向窗外，臉上疑慮重重。「咚咚咚，」敲門聲把沉浸在回憶裡的何正廉拉了回來。

「有心事？」少賢進屋問。

「你們走後，我被公公打傷，囚在地牢……」

「你怎麼不早說，你的傷要緊嗎？」

「按理說我傷得不輕，可是兩個時辰不到，我就痊癒了，這才能逃出地牢。」

「怎麼會這樣？」

「難道那酒……」何正廉突然想起。

「什麼酒？」

「哦，沒什麼……」

「沒事就好，別想那麼多了。」少賢寬慰道。

萬物凋零的季節讓溫暖的陽光變成了一種奢求，剔透玲瓏的小院裡，滿架薔薇沉睡在嚴冬的蕭索中。

「他已經走了。」蒙面少年說。「如此大費周章，抓人又放人，為何？」

「不折騰一番，魚怎麼會上鉤。」諾公公不緊不慢地說。

「公公。」一位僕人走近，雙手遞上一份請柬。「豫將軍邀您過府一敘。」

「魚上鉤了。」蒙面少年悠然地說。

「你去一趟融安堂。」公公對蒙面少年說，眼中流露出許多溫柔。「切記，不要露面，按計劃行事。」

黃昏時分，諾公公赴約。將軍府高高的院牆外柳條周垂，院中甬路相銜，山石點綴，可謂銀屏金屋。夕陽的餘暉透過鏤空的雕花窗射入這座富麗堂皇的府第。偏廳中，將軍與諾公公相對而坐。

「將軍請咱家來只為小酌幾杯？」公公拉著細長的聲音說。

「好，我開門見山，誠邀公公為的是聯手。」

「願聞其詳。」

「聯手禁煙。」

「哦？」

「公公查封幾處據點，抓幾個人，再上報幾個囤貨點，如此一來不僅完美交差，更是前途無量。」將軍對公公說，暗示之意溢於言表。

「劉大人明察暗訪數載都毫無頭緒，咱家何能？」

「公公是聰明人。」將軍拿出一張紙放在桌上，接著說：「圖上圈出的地方任憑公公處置。」

「將軍的買賣真是穩贏不輸……」諾公公看著紙張，淡淡地說。

「大家各取所需。」將軍皮笑肉不笑。

「將軍的誠意未免少了些。」公公抿了一口茶。

「公公請隨我來。」豫將軍躊躇了許久，終於下定決心。

將軍帶著公公來到後院，從一條隱蔽的小道打開一道石門，一路向下，繞過幾個彎，一片遼闊的空地印入眼簾。周邊整齊的排列著數座房屋，門口都有重兵把守。「打開。」將軍對守衛說。公公跟著將軍進了其中一間，屋內裝滿鴉片的木箱不計其數，像山一樣摞在一起。將軍一臉得意，自信滿滿地看向他。

公公淡淡一笑，突然一掌打在將軍身上，豫將軍當場斃命。

此時，融安堂的人衝進來了，與把守的官兵打了起來。諾公公將畫圈的紙輕輕放入豫將軍衣襟，整了整長衫，悠然地消失在混亂中。

「統統抓起來！」劉莆接到通知立刻帶人來支援。何正廉四處搜尋，最終在屋內發現已斷氣的豫將軍，搜索一通，發現他衣襟前露出的圖紙。他將圖紙交與劉莆，但內心深處一股神秘的暗流開始湧動，他不禁深思：是誰留下字條，是誰殺了將軍，又是誰故意留下圖紙……

劉莆下令一把火燒了這裡，眾人看著鴉片在熊熊燃燒的火焰中變為灰燼，心中感慨萬分。

「尹筂呢？」

「剛才還在這兒呢！」

「快，四處看看。」何正廉吩咐眾師弟。

「師兄！」

眾人聽到喊聲，倉皇趕去。尹笙倒在血泊裡不省人事。少賢趕緊上前用手探了探鼻息，然後朝何正廉搖了搖頭。

清冷的夜晚，諾公公撫琴一曲，憂傷的琴聲如一粒碎石，擊打他心底一潭柔軟的清泉，映照出往日細碎的回憶……

「我累了。」

「尹笙乖，來，我背你。」

「我們去哪兒？」

「孤月山莊……」

公公滾燙的淚珠滑落於青弦，夜的幽寂喚醒了他內心深處最脆弱的美好。

「我去融安堂探個究竟。」

「不用了。」

「他從不失約……定是出事了……」諾公公用哽咽地聲音說，淚水再次湧出。

寒冷的早晨攜著它冰清玉潔的肌膚漫步而來，鵝毛大雪從灰濛濛的天空傾瀉而下。一座古樸的拱橋上，一個偉岸的身軀挺拔如松。不遠處，被皚皚白雪覆蓋的青石台階上，一把畫滿牡丹的油紙傘漸漸展露視野，接著，是一個熟悉的身影，一張俊秀的臉，正是諾公公。他一身白袍，裙衫上的黑色花紋忽隱忽現，黑色腰帶垂落至膝。他朝拱橋上的男人走去。男人回眸，一張飽含風霜的臉依舊沉穩瀟灑，灰白的鬍鬚訴說著他豐富的人生閱歷。炯炯有神的雙眼裡充滿了悲哀。

「他……死了。」男人低沉的聲音迴響在公公耳邊。諾公公淚如雨下。「正廉把他葬在城外了。」男人看著沉浸在哀傷裡的公公，沉默了一會兒接著說。

公公依舊不語，晶瑩剔透的淚珠一顆接一顆地往下流。

「城內有我的心腹，需要的時候就去周記茶館找他。我在城外接應。」男人繼續說，並且將隨身攜帶的玉佩遞給了諾公公。公公接過玉佩，看了看眼前的男人，緩緩轉身，黯然離去。男人默默看著他，他遠去的背影與陰鬱的天空融為一體。

「四爺。」遠處的僕人走近。「外面風寒，回去吧。」

啞女房中，公公倚桌而坐，臉上寫滿了無盡的憂傷，他自飲了幾杯，看向一旁柔弱的啞女：「你走吧！」說完，起身離開了，啞女看著他落寞的背影，眼中露出溫情。

「風寒露重，小心身子。」蒙面少年為庭院中黯然神傷的諾公公披上一件厚厚的披風。

「你送啞女出城。找個機會，把她送到亦蘭身邊。」諾公公對蒙面少年說。

蒙面少年不解。

「將軍被殺，鴉片盡毀，幕後的人物很快就會浮出水面……」諾公公解釋。

「你是為了保全她。」蒙面少年恍然大悟。

「尹笙的死我一定會查清楚。」諾公公懷著沉痛的心情說。

「公公。」一位下人來報。「成安小王爺邀您三日後過府一敘。」

「知道了。」公公打發僕人退下。

「鴻門宴。」蒙面少年擔心地提醒。

「王府非同兒戲，你就不要跟去了，見機行事，千萬不要露面。」

鴉片被毀，那些依附鴉片過活的人失去了生命的力量，融安堂裡的煙鬼愈來愈多。「大師兄！少賢！我回來了！」亦蘭興奮地扯著嗓子大喊。

少賢聞聲趕來，見眼前再次活蹦亂跳的亦蘭，激動地一把抱住她，眼眶中閃爍著瑩潤的淚花。

「回來就好！」何正廉欣慰地說。

「大師兄，你快看看她的嗓子能治嗎？」亦蘭一邊說一邊從門口拉進來一位清新脫俗的女子。這名女子不是別人，正是啞女。

「我在回城路上遇到了她，見她孤苦無依，就把她帶回來了，她不能說話。」亦蘭解釋。「你快幫她看看。」

「來，坐。」何正廉靜靜地為啞女把脈。過了一會兒，無奈地搖了搖頭。

亦蘭關切地看向啞女，臉上露出一些悲傷和失望。啞女向亦蘭笑了笑，揮手示意沒關係。「你就在這兒住下吧，大師兄一定會想到辦法治好你的。」亦蘭安慰啞女。

很快，公公與王爺的三日之期就到了。氣勢恢宏的王府內，公公與小王爺在花廳品茶論棋。

「公公下得一手好棋。」成安小王爺意味深長地說。

「王爺深藏不露。」諾公公輕聲回答。

「你不該走這一步。」小王爺放下一顆白子，別有深意地繼續說。「出路可是你自己堵死的。」

「不試，怎知行不通？」

小王爺抓住諾公公即將放下黑子的手：「棋局是我開的，我說了算。」兩人終究還是動手了。王府護衛聞聲趕來，被小王爺一個手勢攔在了門外。屋內，兩人赤手空拳，生死相搏，黑白分明的棋子散落一地。最終，諾公公被王爺一掌打倒，傷得不輕。

「押下去，」小王爺彷彿發現了什麼秘密，英俊的臉上綻放出不懷好意的笑容，對門外的侍衛吩咐道。

「一日三餐，不可怠慢，」小王爺對另一名侍衛說，一個暗示的眼神看向這名侍衛。「加點料。」

人去樓空的公公府顯得格外清冷，蒙面少年見公公一夜未歸，料想出了事，於是夜探王府。偌大的王府裡錯綜交雜的小路不計其數，大大小小的房屋和庭院更是數不勝數，他輾轉了一夜，一無所獲，但他確信，公公一定在王府某處，因此，未來的幾日，他一直是王府的「樑上君子」。這天夜裡，蒙面少年尋尋覓覓，終於找到了一座獨立小院，偏僻幽靜，與其他庭院不同，很少有僕人靠近，只有幾名婢女偶爾出入。他悄聲靠近，果然，公公被關在此處。他準備救人，突然想起公公的叮囑，於是他馬不停蹄直奔皇宮內院，接著去了融安堂。

「怎麼樣了？」小王爺問一名侍衛。

「按分量和時間算，差不多了。」

「好。」王爺露出滿意的笑容。

穿過長長的碎石小路，王爺來到獨立小院，吩咐所有人離開。他推開門，眼前的諾公公蓬頭垢面，嘴裡自言自語地嘟囔著什麼，時而歡天喜地，時而萬分驚恐，時而又痛苦流淚，小王爺進屋關上房門，他一臉壞笑朝諾公公走去，托起他如花似玉的臉頰一口親了上去。「煙……給我煙……」諾公公的喃喃低語縈繞在小王爺耳邊。他從衣袖裡拿出一個紙包在諾公公鼻前晃了片刻，諾公公猛地來了精神，一把抓過去，小王爺把紙包丟在一旁，一把推倒諾公公，撕開他的衣扣，公公的冰肌玉骨瞬間展露無遺，小卻撲了空，王爺瘋狂地吮吸……

「王爺……」侍衛在庭院內小聲呼喚，見沒有回應，又大聲喊了幾嗓子。

王爺掃興地起身大喊：「何事？」

「宮裡傳來口諭，皇上急召。」侍衛說。

王爺連忙將公公的衣扣扣好，生怕被人發現，然後整了整自己的長衫，不捨地邁出了房門。

公公彷彿飢餓轆轆的野狼撲向大煙，急不可耐地打開紙包，發抖的雙手將大煙裝入一杆煙槍，然後——深深吐納，露出一副怡然自得的樣子。

「吱！」房門再次被打開，何正廉四下打量，發現了牆角正在吸食鴉片的公公，驚訝之餘連忙背起他逃離王府。他將公公帶回融安堂，把他放在寬敞的床榻上。少賢與眾師弟聞聲而來，亦蘭和啞女也跟了過來。

公公面部猙獰，豆大的汗珠順著蓬亂的頭髮直往下流，「煙，給我煙……」他扯著何正廉的胳膊苦苦哀求。何正廉餵他服下一顆藥丸，公公漸漸冷靜下來。

「是他。」亦蘭看見床上的公公，氣不打一出來，衝上去想要教訓他，啞女猛地跪在地上，抱住亦蘭的雙腿，明亮的眼睛裡滿是懇求。

「你認得他？」

淚流不止的啞女連忙點頭，她撲到何正廉身邊不停地作揖磕頭，求他救公公。

「你先起來，你怎麼認識他？」

啞女咿咿呀呀地比劃要寫字，少賢見勢趕緊拿來了筆墨。

「公公救我，收留了我，教我寫字。」啞女寫道。

「救他。」她繼續寫。

「你放心，我一定會把他治好，我還有很多事情要問他。」何正廉說。

「大師兄，你……」亦蘭剛想阻止被少賢攔住了。

「煙……給我煙……」床上的公公再次陷入痛苦，他全身抽搐，緊緊抓住一旁的何正廉，聲嘶力竭地喊叫，他用盡全力撲到床下，四處尋找大煙。何正廉立刻扶起他，將他放回床上：「快，拿繩子來。」就這樣公公被麻繩五花大綁，任他怎麼掙扎也沒用。

小王爺回府得知人丟了，勃然大怒，吩咐屬下暗中尋找。

半夜，皎潔的月光透過紗窗照了進來，筋疲力盡的公公終於平靜下來了，一直守在床邊的何正廉輕輕地解開麻繩，被麻繩勒出的血印清晰可見，他認真、仔細地給公公上藥，然後拿起一根紅繩將公公凌亂的長辮再次編好。

這時，闖入一名蒙面男子，他破門而入，打傷何正廉，留下一張字條，帶著公公離開了。

「大師兄，你沒事吧！」眾人聞聲跑來。

「我沒事。」何正廉擔心地朝門外望去。「快，看看字條寫了什麼。」

「欲救公公，三日後城外南坡樹林見。」

「大師兄，我們沒必要為他冒險。」亦蘭抱怨。

「我自己去。你們留下。」

「好，我陪你，」少賢說。「蘭兒，你跟師弟們留下。」

亦蘭雖有不滿但還是妥協答應了。

黑衣人帶著公公一路小跑，最後進了一間破舊的茅草屋。昏暗的燭光下，一個筆挺的身影慢慢轉過來：

「你受苦了。」

「諾兒拜見皇兄。」

「快起來。你的煙癮……」

「我沒事。」

「那就好，朕以你為餌約了成安和融安堂的人三日後在城外南坡樹林會面，這幾天你不要露面，接下來的事我會派人接手，好好休息，最近消瘦了不少。」

時間飛逝，轉眼就過了兩天，已經黃昏了，公公看了看頭上的紅繩，何正廉的影子不時地浮現在腦海。他站了許久，然後對一旁的蒙面少年說：「拿著這塊玉佩去找周記茶館的掌櫃，請他安排車馬，去融安堂接應。」

申時剛過，何正廉與少賢結伴前往南坡樹林。亦蘭與其他人留在融安堂各司其職。突然，院外黑影重重，不速之客步步逼近。亦蘭帶著眾人拼命抵抗，危機時刻，一位蒙面男子出手相救，他一身黑衫，紅色鉤花點綴其間。他區區數招便將來人打得落花流水，然後轉身離開了。

蒙面男子頭上的紅繩閃過啞女的視線，她欣喜若狂，猜想是公公，於是尾隨其後，悄悄跟了上去。

「快上車，四爺讓我來的。」匆匆趕來的周掌櫃拿出玉佩說。

「大師兄他們怎麼辦。」一人問。

「我們到城外的竹溪亭跟他們匯合。」

「啞女呢？怎麼不見了。」亦蘭突然發現。

「來不及了，快上車。」周掌櫃催促道。

一行人拉著亦蘭上了馬車，一路飛奔朝城外去了。

何正廉與少賢趕到南坡樹林，見到的並不是公公，而是小王爺。

「公公呢？」何正廉問。

小王爺一臉詫異，心想：「難道中計了，公公不在他們手上。」想到這裡，小王爺冷漠地說：「人不在我這兒。」說罷，便要離去。何正廉擋住了小王爺的去路，與他廝打起來，少賢也跟了上來。何正廉與少賢聯手也才勉強與小王爺打成平手。少賢苦苦支撐，最後還是被小王爺打傷，一把斷劍落在地上。

何正廉一人勢單力薄，明顯處於下風，這時黑衣男子來了，形勢發生變化，三人僵持不下。突然，何正廉中招倒在地上，黑衣男子連忙上前攙扶，清澈、明淨的眸子裡滿是關懷。小王爺趁機一掌襲來，躲在樹後的啞女見勢，立即衝了出來，擋在黑衣男子身前。啞女一口鮮血從她紅潤的唇邊流過，黑衣男子抱住倒下的啞女，淚水從濕潤的眼眶裡湧出。啞女奄奄一息地看著黑衣男子，用最後一絲力氣揭開了他的面紗，公公俏麗的臉龐再次出現在啞女眼前，她會心一笑，想要撫摸公公臉頰的手垂落了下來。公公淚如泉湧，何正廉與小王爺見黑衣男子是公公，都驚愕萬分。

公公將啞女緊緊摟入懷，慟哭不已。過了一會兒，他悲哀的眼神裡露出寒光，他輕輕放下啞女，撿起地上的斷劍，轉身朝小王爺靠近，一股陰冷的殺氣直逼小王爺。或許是公公怒火中燒，也或許是小王爺手下留情，最終，公公一劍刺中他肩部，他隨著公公的勁力連連後退直至一棵大樹前，公公悲憤交加，再用力，劍已刺穿，嵌於樹幹。小王爺像臘肉一樣掛在樹幹上，垂下頭，不省人事。

這時，林子裡刀光劍影，密密麻麻的黑影瞬間將他們三人圍了起來，幽靜的樹林裡迎來一場混戰。稍作休息的何正廉與少賢迅速起身，同公公一起抵擋。這時，蒙面少年趕來，四人聯手，很快便將來人全數解決。

諾公公抱起啞女，失落地離開了，何正廉與少賢默默地凝視著他們遠去的背影，臉上寫滿了憂傷。

「融安堂的人在竹溪亭。樹林外有兩匹快馬。」蒙面少年說完就離開了。

何正廉與其他人同四爺在竹溪亭相匯。一行人快馬加鞭朝孤月山莊的方向去了。

初春的陽光明媚且溫和，小草爭先恐後地鑽出地面，為大地披上一層淺淺的新綠。溪水推推攘攘，沖破了層層薄冰，歡快地奔向遠方。叢山峻嶺的深處，矗立著一座宏偉的建築，石板小路直通正門，「孤月山莊」的牌匾高高地懸掛在大門上方。大廳裡，眾弟子與四爺談笑風生。

「正廉，你覺得諾公公如何？」四爺饒有興致地看向他。

「弟子……我……」正廉英氣十足的臉上寫滿了困惑，吞吞吐吐，也不知該如何回答。

「我把她許給你如何？」徐四爺似笑非笑，繼續問。

「師父，你瘋了？你讓師兄娶公公！」亦蘭大吃一驚，連忙大喊。

何正廉一臉驚慌，看著笑而不語的四爺，然後恍然大悟：「女的，他是女的。難怪，那天……」

「不僅如此，尹笙是她的弟弟，他們是我一位故友的遺孤。」四爺痛心地說。「她一直在暗中助你們硝煙。幾年前，劉莆找到我，希望可以助他一臂之力，於是我將諾兒送進宮。」

何正廉終於明白一切，所有的疑問都得到了答案。

「你還沒回答我。」四爺笑著說。

「我……」何正廉突然害羞起來，臉頰微微泛紅，不好意思地回答道：「全憑師父做主。」

眾人見何正廉靦腆、害臊的樣子，哄堂大笑。

「四爺。」下人匆匆來報。「門口有一封信。」

四爺接過信，打開一看，只有白紙一張，被淚水浸過的痕跡依稀可見。信封裡夾著一縷紅繩。

何正廉接過紅繩，迅速追了出去，蜿蜒曲折的青石台階上並沒有公公的身影，他緊緊地攥著手裡的紅繩，失落地沿著台階望向無盡的遠方……

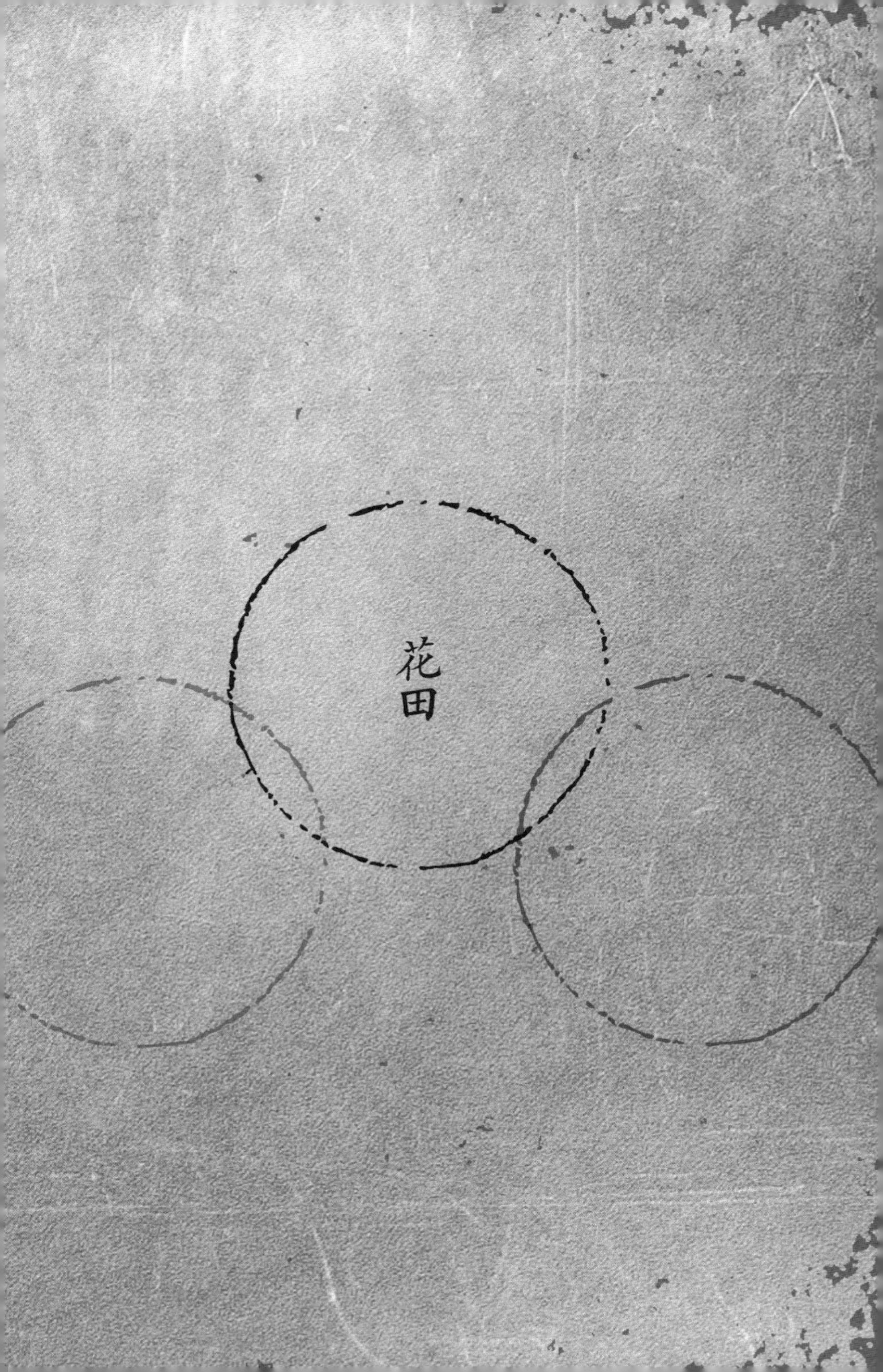
花田

蔥蘢的群山連綿起伏，盎然的綠意守護著一片平坦的土地，這裡坐落著儼然的屋舍，居住著一群可愛的人……每年春季，這兒遍地都是盛開的花朵，馥郁的香氣彌漫開來，籠罩著整個村落，由此得名「花田」。

晴朗的一天，燦爛的陽光從蔚藍的幕布傾瀉而下，照耀著這個平凡的村落。一大早，村子裡熙熙攘攘，一片沸騰。一棟瓷磚堆建的二層小樓在刺眼的光芒下閃閃發亮，雪白的磚牆上貼滿了紅色的「喜」字，門前的空地擺滿了大大小小的圓桌，周圍整齊地排列著折疊椅，仿佛夜空裡的圓月被無數亮星簇擁著。廚房裡不時散出誘人的香味，嫋嫋青煙從房頂的煙囪偷偷爬出，你推我搡地飄向了遠空。

忙碌的人群在幾個朱漆大門間奔波不停，「讓一讓！」一個年輕男孩捧著山一樣高的盤子，小心翼翼地往前走；幾名中年婦女提著大竹筐，裡面裝滿了碗筷，沉甸甸的。竹筐跟著步伐的節奏嘎吱作響，擁擠的碗筷也跑來湊熱鬧，叮噹叮噹叫個不停；還有幾個強壯的年輕人端著熱氣騰騰的瓷盆往桌邊去了，浮著油珠子的「池水」裡可以看見裹著黨參和黃芪的雞肉，金燦燦的，還未入口，唇齒之間早有一股暖流四處亂竄。

快到晌午，村裡的男人們帶著媳婦拉著孩子陸續趕來，有的拎著老母雞，有的扛著豬腿，有的提著幾瓶酒，有的拿著幾條煙……為了迎合喜慶的氣氛，他們還特意打扮了一番，幾乎把壓箱底兒的衣服穿了來，裡屋的二位老人聞聲，趕緊出門招呼。他們是這個小村落的村長和他的妻子——村裡的人開玩笑稱她村長夫人。

村長滿臉笑容，頭上幾縷飄逸的長髮橫著單薄的身子跨越整個「沙灘」，他穿著一件尺碼略大的西服，面料粗糙，而且還印著一道深深的折痕。一雙皮鞋擦得鋥亮。村長夫人今天更是濃妝豔抹了一番，她穿著一條深藍色的呢子半長裙，上身是一件寬大的亮粉色毛衣，脖子上還繫著一條綠色的紗巾。她熱情地招呼客人，聽到村民們對她讚不絕口，她笑得合不攏嘴，豔麗的紅唇間立即露出幾顆金屬鑲邊的大板牙。

大家紛紛上前道喜，然後三個一堆兩個一組，圍著圓桌坐了下來，你一句我一句嘮起了家常。正午，主角終於登場了。

「新娘來啦！」幾個小孩興奮地喊了一嗓子，一溜煙兒就跑到了路口，伸長脖子盯著緩緩而來的汽車。一輛黑色的轎車被無數玫瑰簇擁著。車慢慢停下，漆亮的車門打開了，走出一位英俊的小夥，穿著暗紅色的西裝，筆挺有型，他連忙走到另一扇車門前迎出新娘。新娘很漂亮，白皙的臉蛋上掛著迷人的妝容，她穿著一條深紅色的旗袍，扭著纖細的身子拉著新郎的手在一群孩子的擁護下朝小樓走去，孩子們蹦蹦跳跳地跟在這對新人身邊，滿臉都寫著好奇。有兩個小孩偷偷地摸了摸新娘的裙子，然後連忙躲開，膽怯又開懷地大笑起來。這時，遠處走來一對老夫妻和一對兄妹。

他們是這裡的村民，姓齊，也是村長家的「競爭對手」，當初選村長時，少走了點路，少伸了兩次手，所以落選了。早些時候還有人給齊家小妹瀲兒和村長家少爺薛凱說過媒，被齊瀲無情拒絕了，這事鬧騰了好一陣子，如今薛凱大婚，齊瀲依舊待字閨中，村長兩口子心裡說不出的喜悅，自然要賣弄一番。

齊家四口跟其他人一樣，送上禮錢，跟熟人寒暄了幾句，找了個人少的桌子入席。

寫滿滄桑的桌面上擠著大小不一的碗盆，雞、鴨、魚，一樣也沒落下，人們大口吃肉，大聲說話，拿著小酒盅來回亂竄，廢話連篇卻喝得不亦樂乎。新人端著酒杯到桌前逐個敬酒，「討要」村民的祝福。齊家母親看著眼下的排場，心中泛起落寞，不由自主地看向自家孩子——兄妹二人都穿著寬鬆的衣服，又說又笑，兩腿外八伸開，一隻腳踩在長凳上，不安分的腳趾在人字拖上晃個不停。

傍晚，夕陽的餘暉染紅了半邊天，喧鬧的酒宴也告一段落，人們紛紛離開，留下一片狼藉。

清晨的空氣總是新鮮的，一大早，齊家人就圍在飯桌前閒聊起來。

「薛家這回花了不少錢吧！」齊家母親說。

「這有什麼！」齊家父親立馬接過話茬。「咱們到時候辦得更風光！」

「連薛凱都結婚了，」齊母瞄了一眼自家孩子，略顯不滿地嘟囔著。「同齡的幾個孩子裡就只剩咱家了。」

這時，齊家二老停下筷子，齊刷刷地看向兄妹二人。齊滶使勁往嘴裡送了幾口飯，想了一會兒說：「哥還沒娶呢，長幼有序……」話還沒說完，旁邊的齊峰嘖了一聲，連忙解釋：「別鬧，女士優先！」兩人忍不住暗自偷笑起來。

「我跟你們說，今年春節前，你們要不給我們一個交代……」

「我去果園看看！」不等齊家母親把話說完，齊峰就岔開了話題。

「我去幫忙！」齊滶接著說。

齊瀲跟著齊峰去果園溜達了一圈，開著拖拉機往回走，光滑的柏油路上偶爾還能看見幾塊被曬癟的牛糞蛋兒，這時，旁邊一輛轎車超了上來，與齊家兄妹並駕齊驅，司機放慢速度，後座的人拉下玻璃窗，一臉得意地看向他們，齊峰一看，這不是村長夫人嘛，心想：「瞧把你能耐的！」齊瀲撇了一眼，不屑一顧地轉過頭，加了把速，直接開走了，一束深色的煙霧直衝雲霄，青山良田間，縈繞著無休止的「突……突……突……」

齊瀲在家可謂放肆地吃喝玩樂，工作的艱辛和壓力早已拋之腦後，這天，公司突然打來電話，說來了位外國代表，讓她趕緊回去接待。悠閒的假期被迫提前結束了，齊瀲再次踏上「征途」。

朝氣蓬勃的清晨，齊瀲穿著西裝，一雙亮紅色的高跟鞋在光滑的地板上敲出響亮的節奏。流利的俄語脫口而出。

齊瀲很快就和這位來自國外的客人娜塔莎熟絡起來了。為了方便照顧，公司安排娜塔莎住進齊瀲的套房。齊瀲很貼心，對娜塔莎的照顧可以說無微不至，一對合作夥伴很快成了好朋友。工作之餘娜塔莎還學了一些簡單的中文。

這天，齊瀲接到家裡電話，讓她去相親，說拖了好幾層關係才介紹到，對方條件很好，跟她在同一城市。齊瀲沒辦法只好硬著頭皮去了。

一家環境優美的西式糕點店內，齊瀲坐在角落，對面坐著一個圓潤的男人，穿著西裝，踩著皮鞋。齊瀲無心相親，也不知道該跟這個男人說什麼，她點了一桌子甜點自己吃了起來。不一會兒就所剩無幾，男人詫異的眼神直勾勾地盯著齊瀲，見齊瀲又點了幾份，不由自主地拿起桌上的紙巾輕輕擦去額前的汗珠。

一場從頭到尾都透著尷尬的相親終於結束了，兩人自然沒有在一起，齊瀲的生活又回到了原點。幾天後，家裡來電指責齊瀲吃得太多，毀了親事。齊瀲好說歹說才讓家裡人靜了下來。剛剛平靜下來的生活又迎來了新的挑戰——齊瀲作為公司的代表去香港出差。

陽光明媚的早晨，都市裡的人早早忙碌起來，齊瀲工作的地方尤為熱鬧。一個瘦小、膚色暗沉的男人來到摩天大樓前，他穿著西服和一雙潔白的運動鞋，手裡還提著一個編織袋，看上去很沉的樣子。他拿出手機看了看，又望了望大廈，信心滿滿地走了進去，卻被保安攔下了。

「我找我妹妹。我叫齊峰，我妹妹是齊瀲。」男人解釋。

「對不起，我不知道您要找的人，如果您沒有工作證，不能進入大樓。」

「你好！」一個奇怪的發音傳到齊峰耳邊。「你……齊瀲？」

「我不是齊瀲，我找齊瀲。」齊峰回頭一看是外國人，連忙用盡所學比劃著說。「I… I no qilian, I … qifeng.」

齊瀲來到繁華的港口城市，順利會見了高層人士，提前完成了公司派給她的任務。接下來的時間當然不能浪費，必須「揮霍」一把。美食對她而言是絕不能錯過的。她來到一家歷史悠久的港式茶餐廳，聽著輕鬆的音樂，一邊喝茶一邊吃美味的點心，「我可以坐這兒嗎？」一個中年男人禮貌地問。「哦，當然。」

齊瀲客氣地回答。中年男人穿著很樸實，簡單的polo衫，深色長褲，運動鞋。但無論是談吐還是用餐方式都透著一種貴氣。兩人沒怎麼說話，不過齊瀲對他的印象不錯。

「先生您好，一共200。」

男人摸了摸褲兜，臉上露出一些尷尬。

「我來吧！」齊瀲沉默了一會兒說。然後看了看男人，怕他覺得不好意思，故意說：「下次你請我吃大餐。」

「明天晚上六點花園街，不見不散！」男人對齊瀲說，起身準備離開。

齊瀲看著男人逐漸離去的背影，臉上有些驚訝和迷惑，她躊躇不定，不知該不該赴這突如其來的邀約。齊瀲翻來覆去想了一夜，最終還是被好奇心打敗了，第二天晚上，她如約而至。

「我叫劉聞赫。」男人紳士地說。

「哦，我叫齊瀲。」齊瀲「禮尚往來」。

劉聞赫帶著齊瀲來到街邊一家小店，店子看上去飽經風霜，他們坐在路邊臨時搭建的桌椅前，涼爽的晚風輕輕拂來，抬頭仰望，墨藍色的深空浩瀚無垠。

「想吃什麼就點，不用客氣！」劉聞赫慷慨地招呼，齊瀲看著菜單上五花八門的圖片，情不自禁地咽了咽口水，心裡苦苦計較了一番，還是決定學公司同事那樣點幾道素菜，然後吃不多一點兒就說飽了。劉聞赫看著拘謹的齊瀲，覺得又可愛又好笑，他沒說什麼，單獨為她點了一份甜點，齊瀲驚訝地看了一眼劉聞赫，這種點心是她上次相親時吃過的，因為喜歡還多要了兩份。這裡的看上去沒那麼精緻，但味道更濃郁，更香醇。「大餐」結束後，就像浪漫劇裡演的那樣，劉聞赫送齊瀲回酒店。

齊瀲坐在副座，心中忐忑卻懷揣一絲細微的激動，她偷偷朝身旁瞟了一眼，昏暗光線下的劉聞赫彷佛一股清泉流入她乾涸的心田，這時劉聞赫轉過頭來，溫柔地看著齊瀲，她慌張地一哆嗦，心想難道要吻自己？想到這裡她不由自主地舔了舔嘴唇，心裡一通竊喜，劉聞赫慢慢附過身來，齊瀲緊張地連忙閉上眼睛，暗暗地撅起小嘴……她感覺身前一股隱隱的壓力，「他在抱我……對……一定是……」齊瀲心裡樂開了花，可是等了許久也沒感覺到唇間的溫度。她試著睜開眼睛，劉聞赫微笑著看著她，指了指她身上的安全帶：

「下次不要忘了！」

齊瀲輕咳了兩聲，尷尬地說了句謝謝，然後悄悄轉過臉，望向窗外，不自在的手輕輕地拍了幾下自己緋紅的臉蛋，小聲嘀咕道：「臉呢？要不要臉？」

汽車平穩地行駛在擁擠的街道上，和窗外的行人一樣，停停走走，有的有方向，有的沒有，有的方向太多，反而不知如何選擇，站在縱橫交錯的路口停滯不前……過了一會兒這輛黑色轎車停在一棟大樓前。

「這是我工作的地方！我上去拿份檔。」劉聞赫把車停在路邊，對齊瀲說。「一起上去吧，喝杯咖啡。」

齊瀲猶豫不決，覺得剛剛實在丟臉，心中暗暗對自己說：「不去，一定不能去！」

……

劉聞赫打開燈，招呼齊瀲隨便坐，他自己走到電腦前坐下了。明亮的燈光彷彿晴朗夜空裡的星辰⋯⋯

齊瀲心中躁動不安，一會兒起來走兩步，一會兒又坐回沙發上，慌亂的小步伐在整個辦公室裡留下了滿滿的足跡，過了許久，她見劉聞赫依然坐在電腦前，於是走過去問：「不是喝咖啡嗎？」

「哦，對不起，我這就去拿！」劉聞赫彷彿想起一件大事，笑著說。不多一會兒，一杯咖啡就送到了齊瀲眼前。她抿了一口，看著劉聞赫微微點了點頭，臉上掛著滿意的笑容，這時，一個措不及防的吻落在她沾滿咖啡沫的唇上，劉聞赫那柔滑的、細膩的嘴唇貼上來的一瞬間，痲痲的、蘇蘇的，神經彷彿失去了感覺，這種沉浸就好像春季裡齊峰的果園，萬花盛開，芬香四溢。

「看你，滿嘴都是沫兒，我去拿紙。」齊瀲愣了一會兒，猛地反應過來，心裡狂喜了一番，被甜蜜包圍的嘴趕緊朝著杯裡的沫兒又使勁滾了一圈。

劉聞赫拿來紙巾，見齊瀲整個嘴邊都掛著泡沫，浮著咖啡粉的白色「雲朵」緊緊地擁抱著她薄薄的嘴唇，「雲朵」臃腫的身軀漸漸滑了下來，他兩條漆黑的濃眉微微皺了皺，把手中的紙遞給齊瀲轉身去電腦前坐下了。齊瀲接過紙巾，尷尬地擦去嘴邊的白沫，默默地看了一眼認真工作的劉聞赫，然後灰溜溜地回到了沙發上。

想起這一整天發生的事，齊瀲感到一種羞澀不由得湧上心頭，她一頭扎進沙發上的軟枕裡，彷彿把自己藏了起來。不知過了多久，她微微感到臉頰上多了一些溫度，她睜開眼，房間裡不再那麼明亮了，只有一束淡淡的月光從寬大的落地窗照了進來，而眼前，正是劉聞赫清秀的臉，齊瀲慌亂地想要起來，卻被劉聞赫一個熱吻壓了回去，就這樣，春季的「花田」在皎潔的月光裡綻放開來。

第二天，劉聞赫帶著齊瀲去西餐廳吃飯，小樓豪華別致，佈局大氣，各種精緻的擺件層出不群，他們選了一個角落的位子坐了下來，齊瀲特意打扮了一番，多年不穿的裙子終於有機會呼吸到新鮮的空氣。豪爽的她突然變得溫婉起來，行事也格外約束，不一會兒便去了洗手間，對著鏡子一頓看，生怕哪裡出岔子。手中的口紅補了一次又一次。覺得滿意之後，才收起手邊的化妝包，漸漸走出。

狹窄的樓道裡隱約看見一個熟悉的身影，齊瀲往裡走了幾步，看見劉聞赫正和一個孕婦交談，女人滿臉笑容，劉聞赫說了兩句便伸手和女人抱在一起……

齊瀲躲在角落裡看完這一幕，心中一陣湧動，「我……我是……小三？」她凌亂的思緒裡飄過這樣一個想法。她拂去默默流下的淚水，朝大廳去了。

劉聞赫回來時，飯桌前已空無一人，他從服務員那裡打聽到齊瀲已經走了，而且還買了單。劉聞赫臉上寫滿了失落，他一個人坐在桌前，看著豐富的晚餐發呆。過了一會兒，他仿佛想起了什麼，落寞的眼神裡流過希望。

齊瀲從餐廳出來，直接買了返程機票，連夜離開了這個傷心之地。到家已經凌晨六點多了，她拖著疲憊的身體無精打采地打開了房門。

「妹兒！」一個洪亮的聲音傳來。

「哥?……你怎麼在這兒?」齊瀲詫異到幾乎忘記了傷心。齊峰扭扭捏捏地半天沒擠出一個字,齊瀲衝上前一把抱住齊峰,豆大的淚珠一下子湧了出來。

「怎麼了?誰欺負你了?跟哥說,哥去削他!」

「咋啦?」娜塔莎從裡屋走出,帶著一口不成熟的東北腔吃驚地問。

「你……你們……」齊瀲再次震驚,往日伶俐的口齒不爭氣的哆嗦起來。

「那個……莎妹……」齊峰突然一陣嬌羞,搔首弄姿了一番,也不知道在幹什麼。

「莎……莎妹?」齊瀲差點笑出聲。

「哎呀……反正就那回事嘛!」齊峰黝黑的臉上泛起一抹暗紅。

齊瀲知道後很開心,連連送上祝福。

「你剛才怎麼了?」齊峰冷靜下來,關懷地問。

「沒事,想你了!」齊瀲壓制住自己的情緒說。

「你回來正好,我打算跟娜塔莎去趟俄羅斯,見見她的父母。」

「你會俄語嗎?」齊瀲賊賊地把齊峰拽到一邊。

「不會!」

「你也不怕人把你賣了!」

「賣不了,放心吧!」

就這樣，暴風雨一樣的愛情在齊峰和娜塔莎之間一觸即發，空蕩蕩的屋子裡只剩下齊瀲，她同往常一樣工作，路過超市買一堆東西拎回家。

齊瀲吃力地騰出手準備開門，下意識地發現身後一個人影。她猛地轉頭……一張熟悉的、掛滿笑容的臉，正是劉聞赫。

齊瀲心裡五味雜陳，連忙開門進屋，想躲起來，劉聞赫緊跟著溜了進去。他一把奪過齊瀲手中的鑰匙鎖上門，然後拿著買回來的東西去廚房一通擺弄，仿佛在自己家。迷茫的齊瀲看著劉聞赫也不知道該說什麼。沉靜的空氣裡彌漫著咖啡的苦澀。

不一會兒的功夫，劉聞赫就做了一桌豐盛的晚餐，兩人坐在桌前，一語不發，齊瀲心中難過，但劉聞赫夾給她的菜一根不剩的全吃到了肚子裡。過了一會兒，她看了一眼劉聞赫說：「碗不用洗了，我自己洗，你趕緊回去吧！」

劉聞赫不說話，繼續給齊瀲夾菜。

「跟你說話呢！聽到沒有？」

「回哪兒去？我今天就住這！」

「什麼？」齊瀲一臉驚愕地看著劉聞赫。

劉聞赫不慌不忙地跑到齊瀲的臥室，「你說的，不用洗碗！」然後關上了房門。

齊瀲對劉聞赫這股痞子勁竟無可奈何。她自己默默去廚房收拾了一番。在客廳的沙發上鋪了一張小床，突然想起抽屜裡還有齊峰送她的防狼器，於是趕緊找出來，拿在手裡一通研究。不知道碰了什麼地方，突然響起一陣劈啪聲，「完了……」齊瀲腦海浮過兩字，然後被電暈在地上。

明媚的陽光灑進房間，齊瀲徐徐睜開眼睛，躺在一旁的劉聞赫溫柔地看著她，「你醒了？」

齊瀲猛地清醒了，發現她睡在自己的溫馨的小床上，還沒來得及問清楚，電話響了，是齊峰打來的，說帶著洋媳婦回家了，讓她也趕緊把對象帶回去給爹媽瞧瞧。她一頭霧水質問什麼對象，身邊的劉聞赫搶過電話，笑著說，「瀲兒剛醒，我們收拾一下就出發。」齊瀲感覺好像錯過了一個世紀。她完全不明白昨夜到底發生了什麼。更莫名其妙的是，她居然鬼使神差的帶著劉聞赫一起回家了。

他們坐飛機，然後轉火車，最後來到了鎮子上，齊瀲拉著劉聞赫進了一家服裝店，選了兩套接地氣的衣服讓他換上。然後乘公共汽車往村裡去了。

平坦的水泥路上，一輛汽車緩緩行駛，兩側的農田一片綠，一片黃，淡淡的清香裹著樹葉的味道穿過窗戶的縫隙飄進車裡，迷人更醉人。

很快就到家了，剛下車，齊瀲就看見齊峰帶著娜塔莎在路口朝她揮手，高鼻子金頭髮的洋妞也穿起了大紅大綠的「小棉襖」，她迫不及待地跑了過去，劉聞赫也跟了上去，和他們打了個招呼，一起往村裡去了。

齊家二老見了劉聞赫笑個不停，眼神裡流露出無限的滿意。齊家算是摩登家庭了，一個洋媳婦鬧得沸沸揚揚，現在又來一個香港女婿，整個村裡別提多熱鬧了。就連桀驁不馴的村長夫人也失去了炫耀的資本。

小村落的夜色別有一番風味，清澈的月光照亮了片片青山，細膩的微風輕輕撫摸著熟睡的大地，齊家人在前院閒聊。

「選個日子，把事辦了！」

「辦什麼事？……我們只是普通朋友……」

「你這孩子，你哥都說了，你還騙我們……」

「不行，不能結婚！」齊溦突然情緒激動，堅決反對。

「我瞅著挺好的，有啥不能結的？」齊母低聲嘟囔著。

「他……他有老婆！」

歡樂的氣氛一下子變得陰鬱起來。

劉聞赫看著齊溦氣鼓鼓的樣子，連忙笑著說，「我沒結婚，是溦兒誤會了。」

齊溦迷惑地看著劉聞赫：「那個孕婦……」

「我以前資助過她老公，那天巧遇，聊了幾句而已。」

齊溦緊鎖的眉頭終於舒展開了。她暗自慶幸，羞澀地看了看劉聞赫，眾人見彪悍的「男人」居然紅起了臉，都哈哈大笑起來。

心結打開了，齊溦也舒暢了許多，她帶著劉聞赫漫山遍野地跑，帶他去山澗的清泉，去翠綠的草坪，去齊峰的果園，去每一個伴隨她成長的地方。

跑累了就坐在一望無際的花海裡，吮吸沁人心脾的芬芳。劉聞赫寵溺地看著身邊的齊潋，身子慢慢傾向她，齊潋激動不已，心想：「這回沒錯了吧，定是要吻我了！」她開心地撅起嘴，閉上眼睛，靜待甜蜜的降臨。她感覺耳邊的髮絲微微顫動，於是睜開眼，劉聞赫為她戴上採擷的小野花，問她喜不喜歡，她低落又無奈地回道「喜歡」。然後扭過頭調皮地翻了個白眼，心想：「淨整這沒用的。」

正當齊潋落寞之際，劉聞赫的臉一下子貼了上來，一個炙熱的吻瞬間落在齊潋的唇上，兩個幸福的身影漸漸消失在盛開的花田……

大師

蒼翠的樹木在連綿不絕的群山中蜿蜒盤旋，薄薄的雲霧如輕紗一般繚繞四周。山嶺深處，一座氣勢磅礡的寨子拔地而起。寬闊明亮的正廳裡，整齊地擺著一些樸實無華的桌椅，看上去不像桃紅柳綠那樣撩人心弦，滄桑的歷史年輪讓人不禁嘆息光陰的飛逝。大廳正中央，一塊牌匾高高掛起，上面寫著「清風寨」三個大字，蒼勁有力。

「我看，這罰……就免了吧，阿寶畢竟跟大當家一起長大……」一個不屑的聲音打破已久的肅靜。說話人叫吳蔚，是這座寨子的四當家，他正值壯年，跟隨老當家走南闖北，一身戾氣，他坐在扶椅上，陰陽怪氣地說，滿面春風卻是笑裡藏刀。比鄰而坐的是寨子的「軍師」——黃澤，他是這裡的二當家。他一言不發，拿著常年陪伴在身邊的煙杆深深地吸了幾口，然後怡然自得地噴雲吐霧……仿佛什麼都沒聽到。端坐在對面的是山寨的醫師，叫何裕，他佈滿額頭的、凹凸不平的褶子詮釋了歲月的無情，他同樣沉默不語，緩緩端起身邊的茶碗，細細品味……立於大廳正中央的則是清風寨新任的大當家薛聞海，他穿著暗紅色長褂，身姿挺拔，俊秀的臉上英氣十足，旁邊站著的便是阿寶。

「啪，」四當家話音未落，薛聞海猛地一巴掌打在阿寶臉上，過了許久才拉低嗓門，頗有威信地說：「規矩立了就得守！」說完，幾個大步走到匾下的扶椅前，瀟灑地坐了下來，沉默了一會兒意有所指地說：「在座的諸位也不例外！」清冷的目光如一把鋒利的長劍直逼堂下的四當家。堂下三位當家看似鎮定的臉上開始露出一些震驚。寬敞整潔的大廳裡再次恢復了安靜。

夜幕漸垂，晚霞用僅剩的餘暉照亮了半邊天，薛聞海來到阿寶房前，小心翼翼地推開門，見屋裡的阿寶正嘟囔著嘴，揉著微微泛紅的臉蛋，於是將一壇酒放在不遠處的方桌上：「看我給你帶什麼了？來，大哥陪你喝兩碗！」他一邊說一邊往花紋別致的大碗裡倒滿酒。甘醇濃郁的香味撲鼻而來，阿寶咽了咽口水，扭扭捏捏地來到桌前坐下，緊緊盯著桌上的酒，一雙明亮的眼睛裡滿是喜悅。

「好酒！」阿寶端起面前的大碗一飲而盡，抿了抿嘴，讚嘆道。

「臉還疼嗎？」薛聞海見阿寶陰沉的臉上一對緊緊擠在一起的、彎月般的濃眉漸漸舒展開來，於是試探著低聲問。

「我打你一巴掌試試？」阿寶撇了一眼薛聞海，故作埋怨的樣子說。

「媽的，給你臉了是不是！」薛聞海放下喝了一半的酒，故意咧著嘴說。

「逗你玩呢，早不疼了！」阿寶噗嗤一聲笑了。「不過你手勁確實大了點兒！」

「大哥也沒辦法……」薛聞海看著委屈的阿寶，無可奈何地輕嘆道。

「大哥！什麼時候變得婆婆媽媽的了，跟個娘兒們似的！」阿寶看著憂心忡忡的薛聞海，灑脫地說。

「我懂！」

薛聞海抿嘴一笑，端起桌上的碗：「來，大哥敬你！」阿寶也輕輕一笑端起碗用力碰了一下薛聞海手中的碗，嘹亮的碰撞聲迴蕩在寂靜的夜空，兩人相視一笑，一乾而盡。

陰沉的夜色無情地吞噬了最後的殘陽，夜幕下的清風嶺一片沉寂，所有生靈逐漸沉睡，只有山澗的溪水潺潺流淌。皎潔的月光透過茂密的樹葉射向土地，婆娑的樹影千姿百態，隨著微風的搖曳翩翩起舞。

阿寶屋裡，燭光依舊，「去……去哪呀？」阿寶挺著紅紅的臉蛋兒，扶著腦袋問踉踉蹌蹌朝門外去的薛聞海。

「撒……尿。」薛聞海努力穩住身子，回過頭來，半晌才蹦出兩字。

「我……也去！」阿寶搖搖晃晃地站起來說。

兩人搭著肩，一路晃晃悠悠，總算到了後院。在一面土牆前，他們笨拙地掀起前襟，解開褲子，對著土牆肆意地宣洩體內那股洪荒之流……

「救命啊！」突然，一個纖細、柔軟的聲音隨著晚風緩緩飄來。

「女人！」阿寶驚得一哆嗦，轉過身結結巴巴地喊道。「女……女人……大……大……大哥……」

「往哪尿呢！濺我一身！」同樣一臉驚訝的薛聞海無比嫌棄地對身邊的阿寶大喊。

驚慌失措的阿寶連忙轉過身去：「對……對……對不住啊。」

不斷傳來的呼救聲讓七分醉的薛聞海頓時清醒了，他一個「急剎」，迅速繫好褲子追著聲音探去，阿寶見勢也連忙結束「戰鬥」跟了上去。

薛聞海來到屋前，「大哥，這是四當家的屋子。」阿寶難以置信地說。薛聞海一腳踹開房門，雜亂無序的房間裡，一幕「風花雪月」盡收眼底，一名清秀的女子正被強壯有力的四當家按在床上，蓬亂的頭髮下白皙的臉清晰可見，一雙纖細的長腿在不整的衣衫間若隱若現……

「哎呀……」略顯慌張的阿寶趕緊捂住雙眼，兩顆明亮的眼珠在細細的指縫間一通亂轉。

薛聞海幾個箭步衝上去，抓起壓在女人身上的吳蔚，一拳揮了上去。

驚魂未定的女人笨手笨腳地縮至牆角，剔透的淚珠不停地滑落下來。

「送她回去！」薛聞海脫下自己的褂子給牆角的女人披上，並對門口的阿寶說。

阿寶趕緊跑過來扶起女人朝山下去了。

氣憤不已的薛聞海對倒在地上的吳蔚怒吼：「我說過，清風寨的人不准騷擾山下的百姓，你竟然私搶民女！」

「裝什麼！我們是什麼人？土匪！」吳蔚慢慢起身，一臉陰笑，反駁道。「這麼多年不都是這麼過來的！真是搞不懂老當家為什麼把交椅傳給你！你不讓搶，兄弟們吃什麼！」

怒火中燒的薛聞海一腳踹了上去，連連後退的吳蔚撞翻了屋裡的桌椅，響聲引來了其他兩位當家，還有附近的弟兄，他們詫異地看向屋內兩人，小聲嘀咕起來。

「我說過，規矩立了就得守，你也不例外，滾！從今天開始，你不再是清風寨的人！」薛聞海瞪著地上的吳蔚，一字一句，鏗鏘有力地說。

吳蔚緩緩起身，惡狠狠地盯著眼前的薛聞海，思索了一會兒，怒氣沖沖地朝門外去了。眾人見勢不約而同地散了。

氣勢恢宏的大廳內，薛聞海高高在上，對另外兩位當家和一眾弟兄說：「眾弟兄跟隨老當家多年，尤其是二位當家，是清風寨的元老，晚輩敬重二位，一直以禮相待，」薛聞海沉默了一會兒，看了看身下的木椅用低沉地聲音說：「這把椅子既然交到我手上，那我立的規矩就得聽……」他富有深意地看向堂下眾人，最後將目光落在了二位當家身上。

「大哥，我回來了！」這時，阿寶趕回來了。「那位姑娘我已經交給她家人了，大哥放心！」

「辛苦了！」薛聞海看著滿頭大汗的阿寶關懷地說。

「不辛苦，沒走幾里路，那女的好像是大戶人家的小姐，一下山就遇見一堆人，正尋她呢！」阿寶用衣袖抹了抹額頭的汗珠解釋道。

「夜深了，都回去休息吧！」薛聞海緩緩起身。

清寒的月光靜悄悄地從墨汁浸染過的天空一瀉而下，薛聞海獨自一人站在窗前，深邃的眼眸裡充滿了惆悵。他不禁想起老當家……

「聞海，師父這雙手沾滿了罪孽，答應我……以後……帶著清風寨的弟兄們……堂堂正正地做人，抬頭挺胸地走出去……」奄奄一息的老當家倚在薛聞海懷裡叮囑道。混沌的眼神望著他那雙竭盡全力才伸出的、微微顫抖的手，一滴滾燙的淚珠劃過他充滿閱歷的臉龐，暗淡無光的雙眼漸漸合成了一條縫……

瑟瑟的晚風撲面而來，驚醒了陷入沉思的薛聞海，他輕嘆了口氣，關上窗戶。靜謐的山谷恢復了平靜，縈繞在群山峻嶺間的只有寒風的呼嘯聲……

清晨的風涼涼的，如一汪清泉拂過蔥蘢的林邊，晶瑩的露水在青翠的繁葉上凝結成一顆顆璀璨的明珠，一縷縷和煦的陽光穿過單薄的雲霧，撒向這片熟睡的土地。

「大哥……」阿寶匆匆跑來，遞給薛聞海一份請柬。「一個叫吳磬的人送來的。」

薛聞海打開一看，眼中閃過一道光，急切地問：「人呢？」

「還在山下等著呢！」阿寶疑惑地說。

「我去見他。」薛聞海說完便拿著請柬下山去了。

薛聞海與吳磬見面，寒暄了幾句，一起沿著筆直的大道來到了一座宏偉的宅子前。

「這不是陳老爺的宅子嗎？」薛聞海詫異地問。

「大帥臨時居於此。」吳磬笑著說。

蜿蜒曲折的石子路悠遠綿長，兩側楊柳成行，綴滿綠葉的枝條垂落下來，宛如一道青紗帳，隨風蕩漾。突然，一張熟悉的俏臉在柔軟的柳條後漸漸浮現，薛聞海停下腳步，眼中露出詫異。「她是大帥的九姨太，剛進門不久。」吳磬解釋道。薛聞海微微一笑，什麼也沒說，繼續跟著吳磬往裡去了。「吳蔚昨晚搶的小娘兒們竟然是大帥的姨太太，今天喊我來，難不成要跟我秋後算帳？」薛聞海眉頭緊鎖，心裡默默想。

不知不覺，薛聞海已經踏進了一座別致的庭院，跟著吳磬進了一間屋，屋裡一個偉岸的背影闖入薛聞海的視線，他漸漸轉過來，滄桑的臉上不乏英俊之氣。

「坐！」屋裡的男人底氣十足。

薛聞海心想，他就是大帥任玄振，薛聞海也沒跟他客氣，找了個中間的位置坐下了。

「聽聞這城外有兩座山寨，威震四方，一座是雲谷嶺的雲谷寨，一座便是閣下的清風寨，座落於清風嶺，與雲谷寨相對而望。」任玄振悠悠地說。「實話告訴你，我這次來是剿匪的。」任玄振淡淡一笑，富有深意地看著眼前的薛聞海。

「剿我？那大帥得費一番功夫！」薛聞海風趣地說。

任玄振長笑了一聲，繼續說：「匪也有好壞之分，清風寨的新規矩我有所耳聞，我相信我的眼光。」任玄振確信的眼神望向薛聞海，過了一會兒接著說：「怎麼？真打算當一輩子土匪？」

這句話說到薛聞海的心坎裡去了，他謹慎地看著任玄振，說：「不然呢？」

「來我這，帶著你的弟兄們！」任玄振接著說。「你剿了雲谷寨，我為你上報請功，從此之後，你們再也不是人人喊打的土匪！如何？」

薛聞海幾番思索，看著任玄振沉默不語。

「機會，只有一次……」

「好！」薛聞海下定決心。

夜幕降臨，大廳裡閃爍著燭光，薛聞海與兩位當家促膝長談。

「雲谷寨與我們雖勢不兩立，不過近幾年也算安分，怎麼突然要攻打？」二當家滿臉疑慮，問。

「我與任玄振有言在先，我們攻下雲谷寨，他為我們正名。」薛聞海信心滿滿地說。

「自古以來，軍匪水火不容。」二當家頗有感觸地說。

「落草為寇終究不是正途，」薛聞海語重心長地說。

「那就打！」二當家頗有氣勢。「雲谷嶺山勢險峻，易守難攻，老當家在世時幾次交戰也沒討到便宜，真要打，那就得想個萬全之策才行。」

風和日麗的一天，薛聞海帶著清風寨的人一路奔波，來到了雲谷嶺，稍作休息之後便按計劃上山了，傍晚，幾路人分別到達寨前，一群人在薛聞海的帶領下趁著昏暗溜進了山寨，卻發現早已人去樓空，「中計了！」薛聞海腦中突然閃過一個想法，連忙吩咐手下迅速下山。一群人立刻轉身，沿著陡峭的山路極速前行，剛走到半山腰，一聲巨響，地面猛地一抖，數不盡的砂石仿佛一道瀑布從兩邊的山岩飛流而下，朝著人群滾滾而來。絕望的喊叫聲立即充斥在這片寧靜的深谷裡，所有人拼盡全力到處躲閃，奈何地勢崎嶇，光線微弱，清風寨的人傷的傷，亡的亡，薛聞海在朦朧中看著接連倒下的黑影，聽著弟兄們淒慘的叫聲，心中五味雜陳，一顆炙熱的心刹那間被萬箭刺穿，內心深處更是蘊藏著深深的自責。

「小心！」二當家一個翻身，用自己的身體死死地護住了身旁的薛聞海，被炸開的山石裹著新鮮的泥土咆哮而至，好不溫柔地砸到二當家身上，一陣轟鳴之後，大地再次恢復了平靜，半昏半醒的薛聞海睜開眼睛，抖了抖臉上的土，吃力地翻過身來，看見從背上落下的二當家，豆大的淚珠頓時溢了出來，他撲到二當家身邊，一把扶起他，命若懸絲的二當家用僅剩的力氣對薛聞海說：「快走！」濕潤的眼眶裡洋溢著濃濃的感情。他抽搐的嘴角微微上揚，然後永遠沉睡在大地的懷抱裡。「二叔！」悲憤交加的薛聞海摟著黃澤哽咽道。「你醒來！……二叔！」痛徹心扉的悲鳴聲漸漸消逝在幽暗的山谷，薛聞海的視野逐漸縮成一條窄窄的細縫……最終被一片黑暗取代。

初秋的風帶著淡淡的憂傷輕輕地拂過這片山脈，蔚藍的天空如一面鏡子，明朗，清澈。金燦燦的樹葉隨著無情的寒風四處飄落，明媚的陽光穿過挺拔的枝幹照亮了整片大地，「大哥，你醒了！」阿寶激動地喊。薛聞海疲憊的雙眼逐漸睜開，晶瑩的淚珠沿著眼角緩緩滑落，黯然地看向窗外的藍天……「他們呢？」過了許久，薛聞海顫抖的雙唇間隱約發出淡淡的聲音。「……埋……埋在後山了。」阿寶低聲說。

「對不起，我去晚了……」一旁的吳磬十分愧疚。「九姨太通知我的時候，你們已經出發了，我一路趕去，還是晚了一步……」

薛聞海面無表情地質問身邊的吳磬：「山上的炸藥哪兒來的？」

「是大帥，」吳磬繼續解釋。「這些年他與雲谷嶺的人一直有聯繫，他發家就是靠雲谷寨的人替他盜墓，一山不容二虎，雲谷寨得知大帥來此剿匪，於是暗中勾結引你入甕。不料被九姨太撞破，告訴了我……」

「任玄振呢？」薛聞海憤怒之餘繼續問。

「不知所終，上級已經派了新人替他。不日便到。」吳磬說。沉默了一會兒接著說：「你有任何需要……」

「不需要！」不等吳磬說完，薛聞海斬釘截鐵地說。「這筆帳我自己會討回來，你走吧！」

這天，烏雲密佈，憂鬱的氣息籠罩著整片天空，濛濛細雨飄灑而下，滋潤了每一寸土地。空曠的山地前，薛聞海失魂落魄的身影挺立在寒風裡，他舉起手中的酒罈，連喝了幾大口，看著滿地的新墳，心如刀絞。悄然而下的淚水與綿綿細雨融為一體，他俯下身子，倚坐在二當家的墓碑前，看著墓碑上扎眼的新字，不禁失聲痛哭起來，「二叔，你恨我嗎？」他又喝了幾口酒，悲傷地說：「你說過，軍匪水火不容，我沒聽你的勸告，如果不是我一意孤行，你不會死……是我，是我害死了你……我真傻……」薛聞海苦澀地笑了幾聲，拿起酒罈一飲而盡……遠處的九姨太和阿寶將眼前的一切都看得清清楚楚。心痛卻不知如何安撫。只能默默站在一旁，陪著他。時間如梭，轉眼已經黃昏了，阿寶和九姨太扶起醉倒在墳地的薛聞海，將他送回了山寨。

夜半，漸漸清醒的薛聞海慢慢睜開眼睛，隱約看見一個婀娜多姿的身影在眼前不斷晃動，「九姨太？」薛聞海不確定地喊。

「你醒了？」九姨太一臉欣喜。「你傷勢未愈，又淋雨又喝酒的，把阿寶他們嚇壞了。」

往事再次浮現在薛聞海的眼前，他低頭不語，臉上寫滿了悔恨。

九姨太見薛聞海心情低落，關切地說：「他們很關心你，你要振作起來，他們才會有希望。」

薛聞海看了看眼前善解人意的九姨太，心想：「她說的對，我要替死去的兄弟討回一個公道。」

至此之後，薛聞海在九姨太的照顧下，傷勢逐漸好轉。月朗星稀的夜晚，薛聞海站在小院裡暗自神傷。

「我給你做了幾件新衣服，你試試看。」不遠處的九姨太說。薛聞海轉過身，暖暖地笑了，然後隨九姨太進了屋，九姨太把手中的新衣服擱在桌上，拿起一件在薛聞海身上認真地比對尺寸。

「怎麼這麼多？」薛聞海看向桌上厚厚的一疊衣服，迷惑地問。

「我……我明天要走了。」九姨太吞吞吐吐地說。見薛聞海一臉驚訝，又補充道：「你的傷已經好得差不多了，我也沒有理由繼續留在這裡……」

「留下吧！」薛聞海突然打斷九姨太的話。

「以後不要叫我九姨太了，我叫婉君。」婉君羞澀的低下頭。

「婉君，留下來，好嗎？」薛聞海用溫和的語氣又說了一次。

婉君深情地看著薛聞海點了點頭。薛聞海輕輕將婉君摟入懷中……

「大哥！」阿寶急匆匆地闖了進來，見眼前一幕，連連致歉：「哎呀，我啥也沒看見。」說完又風風火火地往外跑。

「什麼事？」薛聞海問。

「那個……吳磬來了，送來一封請柬。」阿寶知道薛聞海因上次的事對吳磬有些怨念，於是毫無底氣地說。

「不看！」薛聞海氣憤地說。

婉君接過阿寶手中的請柬看了一眼，慢慢說：「新大帥邀你明日府中一敘。」

「不去！」薛聞海果斷拒絕。

兩人見薛聞海火冒三丈，也沒再說什麼。「你早點休息，」婉君將請柬放在桌上，拽著阿寶先出去了，燭火通明的房間裡只剩下薛聞海，他慢慢坐下，盯著眼前的請柬不作聲。伸出的手一次又一次收了回去，躊躇了好一陣終於打開了請柬。

金秋的清晨，濕潤的空氣中彌漫著泥土的芳香，破曉的晨光喚醒了沉睡的靈魂，靈活、小巧的麻雀在茂密的樹林裡嬉戲、玩鬧。婉君端著早飯來到薛聞海屋中。見他憂心如焚，食慾不佳，不免跟著難受起來，婉君心中明白，薛聞海有鴻鵠之志，可惜遭小人暗算，所謂一朝被蛇咬，十年怕草繩，薛聞海心裡難免失落與矛盾……

「去吧，」體貼的婉君拉著薛聞海的手勸道。清澈的眸子裡充滿了關懷。

薛聞海沉思了一會兒，說：「我很快就回來！」他拉著婉君一起坐下，吃過飯，整裝往山下去了，婉君注視著薛聞海遠去的背影，滿臉的不捨與關心。這時，薛聞海突然回過頭來大喊：「等我回來，我娶你過門！」婉君招了招手，臉上露出幸福的笑容。

一盞茶的功夫，薛聞海又來到了熟悉的大宅，與新來的大師古丞赫相對而坐，侃侃而談。古丞赫字裡行間流露出對薛聞海的欣賞之情，而薛聞海對眼前的古丞赫似乎也多了一份敬佩。兩人一見如故，一直談到晌午。午飯過後，吳磬送薛聞海回清風寨。「我們現在是盟友嗎？」吳磬突然打破沉靜，問。「談不上，只是目標一致罷了。」薛聞海沉默了一會兒，故作傲慢地回答。吳磬低頭一笑，兩人不再出聲，繼續朝山裡前進，矯健的步子踩著小路上的枯葉，發出清脆的聲音，似美妙的旋律，隨著他們來到了清風寨。

薛聞海掛在嘴邊的笑容消失了，他驚恐地看向亂成一團的清風寨，往日的風采早已消失殆盡，眼前房屋盡毀，屢屢黑煙不時衝向湛藍的天空，他幾個流星大步衝了進去，不停地喊著眾弟兄的名字，心中惶恐不安。「回答我，你們在哪兒？」薛聞海痛心疾首地嘶喊。濕潤的眼眶裡泛起紅紅的血絲。「大哥！」突然，薛聞海聽到一個熟悉的聲音，他激動地轉過頭，撲過去一把抱住身後的阿寶，過了一會兒接著問：「其他人呢？」

「出來吧！」阿寶轉過身喊道。幾十來人陸續從不遠處的草垛後探出身來，薛聞海看著眼前狼狽不堪的弟兄們，倉皇地問：「怎麼回事？」

「大哥，你下山後，吳蔚帶著雲谷嶺的人衝了上來……」

「他去了雲谷嶺？」薛聞海驚訝之餘憤恨地說，突然問起：「婉君呢？」

眾人都低下頭，不約而同地躲避薛聞海的眼神。「她怎麼了？」薛聞海急切地問。這時，何裕抱著婉君從人群的後方慢慢走來，薛聞海看著何裕懷裡不省人事的婉君滿身血跡，心中悲痛、憤怒、晦澀，各種感情錯綜交雜在一起，他接過婉君，緊緊地把她擁在懷裡，苦澀的淚水如傾盆大雨，傾瀉而下。

連連挫敗的薛聞海再也經不起任何折騰了，剛剛拾起一腔熱血的他被冷酷的現實打回了原點，他咬牙切齒，對身邊的吳磬吼道：「滾！我不想看見穿軍靴的人！給我滾！」

吳磬感同身受，他完全明白薛聞海心中的痛苦和彷徨，內心深處也多了幾分自責，於是他什麼也沒說，靜靜地離開了。

生機勃勃的山林在秋季的蕭條中變得暗淡無光，整片山林都被傷感侵蝕，凋零的樹葉在冷風的洗禮中打著旋兒熙熙攘攘地落了一地，那片充滿傷感的空地上，幾座新墳顯得格外引人注目，薛聞海蓬頭垢面，穿著一身髒兮兮的長褂跪倒在婉君的墳前，昔日英俊帥氣的臉被紛亂的鬍渣圍了個水泄不通，他呆呆地看著婉君的墓碑，心中無限懊悔。遠處的何裕慢慢走來，看著萎靡不振的薛聞海說：「她是為了救我才死的。她臨終前要我告訴你，她不後悔……」何裕不禁哽咽，抬起頭望了望灰濛濛的天空，努力將眼眶裡打轉的淚水壓了回去，然後接著說：「她說，留在陳府，因為任玄振把她搶回去做了小妾，但留在清風寨，她不後悔，她希望你可以振作起來，去做你想做的事，不要因為錯過而後悔……」

悲痛欲絕的薛聞海聽完何裕一席話，暗藏在內心深處的感情終於爆發了，他昏昏沉沉的腦袋耷在何裕的肩上，抽搐著低聲痛哭起來。

跌入低谷的薛聞海再次恢復了鬥志，他帶著弟兄們每日操練，決心要為死去的家人討回這筆血債。

陽光明媚的下午，薛聞海帶著眾兄弟如往常一樣在後院訓練。突然，吳磐一邊大叫薛聞海的名字一邊闖了進來，「誰讓你進來的？」薛聞海冷冷地說。吳磐低落的聲音傳到薛聞海的耳邊：「古帥，死了。」

「什麼？怎麼死的？」薛聞海一臉驚愕。

「自殺。」

「怎麼可能！」薛聞海充滿疑慮。

吳磐悲哀地嘆了一口氣，接著說：「的確是自殺，而且當著我們的面，只不過，近來古帥的臉色不好，精神不佳，我懷疑……」

「你先隨我進屋，將整個事情慢慢道來。」薛聞海說。

吳磐跟著薛聞海進屋坐下，將近日府中的情況一字不漏地又描述了一次……

悲涼的夜晚，滿園落葉隨著寒風瑟瑟作響，古丞赫的房中不時傳來咳嗽聲，案桌前的古丞赫臉色蒼白，憔悴不堪，他慢慢起身，暗淡的眼神無意間掃過房中一面長鏡，他突然變得驚恐萬分，問：「你是誰？」鏡子裡出現一位極具風韻的女子，她穿著紅色旗袍，身材凹凸有致，嬌豔的紅唇輕聲對他說：「我就是你！」

「不可能！」古丞赫無法接受眼前的一切。「不可能！」他極力否決，拿起抽屜裡的槍對著鏡子連開數槍，破碎的玻璃伴著清脆的聲音撒了一地。這時，背後撫媚的聲音再次響起：「我就是你！」古丞赫連連轉身，完全抓不住稍縱即逝的女人。女人充滿嘲諷的笑聲不時迴蕩在古丞赫耳邊。吳磐聽到槍聲，帶著一隊人踹門而入，眼前的古丞赫精神恍惚，不停地喊：「你是誰？出來！」吳磐在屋裡尋了一遍，沒有發現任何人，這時古丞赫看見女人的身影再次出現，她躲在隊伍裡，再次矯揉造作地說：「我就是你！」古丞赫猛地朝那兒開了一槍，隊伍裡一人瞬間倒地，流血不止，眾人大驚失色，極度不解地看著眼前的古丞赫，「大帥！」吳磐大喊。「你怎麼了？」他幾個大步來到大帥身邊，卻被大帥一把推開，失控的古丞赫繼續咆哮：「你出來！」女人刺耳的笑聲一直圍繞在古丞赫耳邊，最終，不堪忍受的古丞赫對著自己拉下了槍栓……

寂靜的房間裡散發著濃濃的悲傷氣息，「查到什麼線索？」薛聞海哀嘆之餘問。

「沒有。」吳磬搖了搖頭，無奈地回答。停頓了一會兒接著說：「跟我回去吧！」

薛聞海心中突然一搐，看著吳磬默然不語。

「這是大帥的意思，我看了大帥案桌上的信，他似乎預感到有事發生，他在信中保薦你接替他……信我已經派人送出了。」

神情凝重的薛聞海依舊一言不發，攥緊的拳頭微微顫抖，內心深處的傷疤再次被觸動。

「跟我回去吧，現在府內一盤散沙……」吳磬苦口婆心地勸說。「雲谷嶺現在勢力強大，單憑你我任何一方都不是對手，我們聯合起來，或可一試！」

「去吧！」這時，門外的何裕走進屋對猶豫不決的薛聞海說。

「三叔！」薛聞海訝異地看著他。

「我們一起去！」三當家拍了拍薛聞海的肩，笑著說。

「好！」薛聞海含淚答應道。

溫和的陽光灑了一地金輝，漫山遍野都是黃燦燦的野菊，醉人的芳香彌漫在整個山頭，薛聞海帶著清風寨的兄弟住進了陳府，在吳磬的幫助下暫時穩住了大帥的地位，磅礴的陳府一角，一間幽暗的屋子裡整整齊齊地擺放著一些牌位，祭拜的正是那些永遠沉睡在清風寨後山的人，薛聞海憂傷地看著這些木牌，往日美好的回憶款款而來，不禁默默流下傷心的淚水。

「吳副帥怎能讓我們跟一群土匪同盟，居然還讓他們住進府來！」遠處的私語聲打斷了沉思中的薛聞海。

「要我說，土匪就是土匪，這輩子都抹不去這塊烙印！」另一個人回應。

薛聞海邁著沉重的步伐走出屋，筆直的身軀立在迴廊深處，靜靜地聆聽這錐心刺骨的談話。

「薛帥，不要往心裡去，」一個年輕男子從身後走來，對薛聞海說。

「你是？」薛聞海疑惑地問。

「他是古帥的心腹愛將，叫肖黔。」路過的吳磬說，順便問了一下清風寨的弟兄們最近幾日操練的情況。

「大有長進！」肖黔回答。

「那就好，你去忙吧！」吳磬打發肖黔離開，然後無限關懷地對薛聞海說：「閒言碎語，莫要當真。」

薛聞海淡淡一笑：「我早習慣了！沒事！」

天氣終是薄涼了，滿地的落花總是觸動人們心靈深處的脆弱，轉眼已是深秋時節，薛聞海帶著眾人整裝齊發，朝著雲谷嶺的深處行進，意氣風發的戰士們按照部署各司其職，不料竟在行進的路上遭遇各種伏擊：被滾落的山石撞擊，被無情的子彈擊中，甚至被炸傷，慘不忍睹的場景讓薛聞海不由自主地想起了當初的情景，可謂如出一轍，他立即下令撤退。這時，他視線所及的地方：阿寶躺在地上，滿身血跡。薛聞海心中一震，立刻跑了過去，二話沒說直接將他扛上肩膀，雙手下意識地去扶住阿寶的雙腿，抓空的一隻手無情地將他拉回了殘酷的現實，他淚如雨下，兩鬢暴怒的青筋微微凸起，背著阿寶一路狂奔。

萬籟俱寂的夜晚，一輪明月懸掛在神秘且深邃的夜空，皎潔的月光透過紗窗灑進了昏暗的房間，一個孤寂的身影屹立在無盡的黑暗裡，薛聞海默默地看著高桌上逐漸增多的牌位，心中那道沉痛的傷疤徹底被掀開了，他不禁開始懷疑自己：「這條路是不是走錯了！」

接連遭受沉重打擊的薛聞海自此以後一蹶不振，終日鬱鬱寡歡，飲酒度日，這天，薛聞海臉色煞白，乾裂的嘴唇不時地輕輕抖動，明亮的淚水從黯然無神的雙眼裡不斷流出，他時而仰天長嘯，時而低頭哀嘆，叫聲驚動了院裡的眾人，他們紛紛趕來想探個究竟，匆匆趕來的吳磬目瞪口呆地看著眼前凌亂的一幕，「薛聞海，」他試著喊了一聲，想要上前攙扶，卻被薛聞海狠狠地推開，被眾人接住的吳磬一臉茫然，心中不禁戰慄：「此情此景……與古帥當初……」他不敢繼續往下想。這時，薛聞海突然抽出一把匕首，對著圍觀的眾人一頓亂劃，恐嚇他們不得上前，然後莫名其妙地對著前方悲傷地大哭起來，彷佛看見了親人，慘白的雙唇間漸漸傳出一個微弱的聲音：「二叔，對不起……」過了不多一會兒，他眼中露出一絲溫暖，一個慘淡的笑容掛在嘴邊：「婉君，你回來了？」之後，他用驚悚的目光注視著前方，大喊：「不，不是我，不是我害死你們的……」隨後，他又暗自長笑起來：「不錯，是我！是我害死了你們！」他猛地跪在地上，毫無血色的臉上掛滿了悲痛、自責、懊悔……

「二叔、婉君，我來向你們賠罪……」情緒失控的薛聞海猛地將手中的匕首插入自己的心房……

「不要！」吳磬與何裕同時疾呼，兩人不約而同地撲了上去，何裕一把扶起地上的薛聞海，把他放在床上，大喊：「快，拿我的藥箱來……」吳磬一個轉身便消失在人群，直奔何裕房間。

「聞海，撐住，一定要撐住！」淚流滿面的何裕緊緊地握住薛聞海的手，沙啞的聲音在他耳邊不停地迴響。

「藥箱來了！」吳磬衝入人群。何裕連忙解開薛聞海的衣衫，準備救治，這時，薛聞海的眼睛裡閃過一道柔光，他微微一笑，伸出的想要握住何裕的手瞬間垂落了下來。

「聞海！」何裕放聲大喊，呆滯的目光隨著薛聞海的手一同落下，心驚膽顫地在薛聞海的鼻前晃了晃，然後，絕望地痛哭起來，一旁的吳磬見勢，心中悲痛不已，手中的藥箱咣當一聲掉在了地上……

冬季的風是刺骨的，別具一格的庭院裡，枯葉飄零，繁花落盡，陰鬱的夜空沉重得仿佛要塌下來一樣。古樸的大廳裡，正中央放著一口漆黑的棺木，四周的白紗在燭光的餘暉中顯得格外刺眼，落寞的吳磬在薛聞海的靈位前添了一炷香，「啊！」突然，門外一聲慘叫在孤冷的夜晚響徹整個空曠的院落。吳磬與屋內其他人一同跑了出去，查看聲音的來源。

萬物凋零的院落裡，肖黔重傷在地，薛聞海一身白衫，腰間繫著黑色的綢帶，手中握著一根長棍，昏暗的光線下，一張殺氣逼人的臉隱約可見。他慢慢靠近地上的肖黔，每一步都沉如鐵石，手中的長棍朝著肖黔直面而去，每一下都力道十足，肖黔的褂衫上一條條血痕清晰可見，終於，他猛地噴出一口血，然後倒在地上一動不動，死寂的眼睛裡充滿了不甘。吳磬與其他眾人呆若木雞，不明真相也不知所措，薛聞海依舊揮舞手中的長棍，清朗的眸子透著無盡的鋒芒，兩行清淚不斷流下，不遠處的何裕趕緊跑來扶住情緒激動的薛聞海，連忙勸慰：「小心身子！你傷還未痊癒。」

吳磬得知薛聞海沒死，又驚又喜，他來到薛聞海身前，飽含淚水的雙眼靜靜地看著他，柔軟的雪花紛紛揚揚地飄落下來，落在人們的頭上、肩上，撫慰著每一顆純淨的心靈，薛聞海拖著受傷的身體，用微弱的聲音吃力地對眾人說：「願意跟著我的，留下，不願意的，就走吧！」何裕見薛聞海有氣無力，萬分擔憂，他趕緊接過話，看著地上逐漸變得僵硬的肖黔說：「古帥是他毒死的，肖黔偷偷在古帥的飲食中攝入了少量可以至幻的藥，長期服用便出現了幻覺，牽動情緒，做出一些不可思議的事。這次，肖黔故技重施，聞海以身試藥才查出端倪。」何裕說完後，扶著薛聞海轉身朝屋內去，得知真相的眾人面面相覷，「我們聽從大帥調遣！」突然，人群中一個洪亮的聲音打破了初冬的冷寂，大家紛紛跟著喊起來，薛聞海耗盡力氣緩緩轉過身，他煞白的臉上露出一個欣慰的笑容，兩行熱淚潸然而下。

何裕將薛聞海扶進屋，立即脫下他的褂子，查看傷勢，鮮紅的血液從層層白布漸漸滲出，「傷口又裂開了，我重新給你包紮！」何裕擔心地說。薛聞海吃力地抿嘴笑了笑，一把握住何裕的手，由衷地說了句：「三叔！謝謝！」有所感悟的何裕輕輕地拍了一下薛聞海的肩，感慨萬千地說：「老當家沒看錯人！」

淒涼的夜晚，萬木枯萎，頹廢的薛聞海坐在迴廊的欄杆上，拎著酒罈肆意狂飲，冰冷的酒水沿著嘴角流向他不整的衣衫，粗魯地侵蝕著婉君為他縫製的褂子，他望著身上的褂子，深深地沉浸在往日的回憶裡，隱隱約約的腳步聲打亂了他的思緒，何裕看著痛心疾首的薛聞海，心中千言萬語卻不知如何安慰，「阿寶沒有生命危險，過兩天就會醒來……」他用苦澀的聲音說，「……我給他做了一副拐杖……」

「三叔！」薛聞海突然低沉地說。「我是不是錯了？」

何裕俯下身，坐在薛聞海身邊，一個發自肺腑的聲音迴響在薛聞海耳邊：「把那份屬他們的榮耀找回來！」

薛聞海沉默，靜靜地看著何裕，過了許久終於開口：「有內鬼！」

「你有什麼打算？」何裕眼中劃過一絲欣慰，眼前的薛聞海雖然看上去邋裡邋遢，但骨子裡的雄心壯志絲毫未減。

「找出這個內鬼！」薛聞海堅定地說。

「咚咚咚……」一陣敲門聲打斷了屋內的沉靜，吳磐進屋坐下，心痛地看著薛聞海身上不斷溢出血漬的傷口。薛聞海看出吳磐擔憂，淡淡地說：「沒事！」

「你也真是的，對自己下手這麼重！」正在處理傷口的何裕埋怨。

「不做得逼真一些又怎麼能讓肖黔露出狐狸尾巴呢！」薛聞海忍著劇痛斷斷續續地說，沉默了一會兒接著說：「我打算再攻一次雲谷嶺！」

「什麼時候？」吳磐問。

「最近幾日！」薛聞海胸有成竹地說。

「不行，你的傷……」何裕堅決反對。

「三叔，現在是絕好時機，整個城裡的人都知道我死了，很快雲谷寨也會知道，我們封鎖消息，他們定會放鬆警惕，更何況，再晚些就會迎來寒冬，上山就更難了！」薛聞海耐心地解釋。

「你想好對策了？」吳磬接著問。

「嗯。」薛聞海點了點頭，接著說：「雲谷嶺地勢險要，既然攻不進去，那就引他們出來！」

「好，就按你的計劃安排，不過作戰主力交給我！」吳磬沉思了一會兒，看著薛聞海的傷口說。

「好！三叔跟著我，這樣你們放心了吧！」薛聞海果斷答應。

晴朗的早晨，一縷縷和煦的陽光撥開沉重的雲霧灑了下來，揮去了往日的嚴寒，帶給人們一片溫暖。

「大當家！」雲谷寨裡，一人氣喘如牛地跑到廳門前大喊。「打聽清楚了！薛聞海當眾自刎，棺木還在陳府，不日便要抬回清風嶺下葬！」來人喘了一口氣接著說，「還有一件怪事，最近有鄉民陸續上山，說在前面的山頭發現了值錢的玩意兒，都搶著往回撿！」

屋內浮現一張熟悉的面孔，正是吳蔚，他眼中閃過驚喜，對裡屋的大當家說：「一定是之前炸山時不小心炸到了古墓！」大當家沉思了一會兒，吩咐道：「帶上人，拿上傢伙，即可出發！」

雲谷寨的人沿著崎嶇的山路一直前行，泥土散發出沁人心脾的清香，怪石嶙峋的崖壁上泛著淡淡金光，浩瀚的天空如一汪清泉，清澈、平靜。晌午時分，一群人浩浩蕩蕩地來到了鄉民發現寶物的山頭，路邊散落著幾件看上去十分陳舊的物品，大當家順手撿起一件，仔細端詳了一番，隨即扔在一邊：「假的！」這時，一聲巨響，漫天石塊如餓狼一般沿著四周的斷壁兇猛地撲了過來，雲谷寨的人驚慌失措，四下逃竄。

「炸，接著炸，」高處的薛聞海命令道。「他媽的，給我使勁炸！」源源不斷的山石瘋狂地撞向低處的人群，雲谷寨的人死傷無數，狡猾的吳蔚趕緊抄小路逃跑了，然而他不知，幽靜的遠方等待他的是什麼。大當家也在混亂中找到一條小路準備逃離。

「走！」崖上的薛聞海對身邊的何裕說。兩人朝小路延伸的方向一路疾跑，終於在山下攔住了逃亡的大當家。「是你！」三人異口同聲。

「你沒死！」任玄振說。

「你居然做了雲谷寨的大當家！」薛聞海嘲笑道。

仇人見面，分外臉紅，任玄振悄悄地拔出藏在身後的槍，卻被眼明手快的薛聞海一腳踢飛，何裕趕緊撿起槍，退到薛聞海身後，緊張地看著他們，兩人瞬間敲響戰鼓，赤手空拳打了起來。

吳蔚一路狂奔，眼見到山底了，卻被突然竄出的吳磬截住了，他乾淨俐落地朝上氣不接下氣的吳蔚連開數槍，直擊要害，吳蔚當場斃命。

山谷深處，薛聞海與任玄振都筋疲力盡，兩人倒坐在地上，喘著粗氣，任玄振突然一陣冷笑：「那麼多藥居然沒弄死你！」

聽到這句話薛聞海恍然大悟，他終於明白肖黔為何要出賣兄弟，原來他是任玄振的人。薛聞海長嘆了一口氣，當日何等風光的大帥，如今卻落得個落草為寇的下場。任玄振統帥軍隊多年，定不會容忍他人呼來喚去，可想而知雲谷寨的前任大當家也未能逃離他的魔掌。而這所有的一切皆始於被稱作萬惡之源的權和利，可憐清風寨的弟兄們為了他人的利益無辜捲入了這場腥風血雨，想到這裡，薛聞海惱羞成怒，質問道：「清風寨跟你毫無關係，為何拉上我的弟兄陪葬？」

「你出身不好，誰讓你是土匪呢，我記得第一次見面就跟你說過，我來這兒就是剿匪的！」任玄振義正辭嚴，並且趁機起身，結實的拳頭再次揮向薛聞海，「聞海！小心！」身後的何裕焦急地大喊，反應迅速的薛聞海連連躲開，順手撿起身邊的木棍奮力回擊，此時的薛聞海新仇舊恨一下子湧上心頭，彷彿一頭雄獅，無人可敵，任玄振連連敗退，最終死在薛聞海的亂棍下。「我也說過，想剿我，你得費番功夫！」薛聞海氣喘吁吁，對地上的任玄振喊道。何裕一把扶住體力不支的薛聞海，趕緊給他服下提前備好的藥。這時，吳磬帶著人過來了，背著傷勢還未痊癒的薛聞海離開了這片傷心之地，巍然屹立的山谷終於恢復了安謐。

嚴冬的清晨，寒風肆虐，清風寨後山的空地裡，一群人默默地注視著被皚皚白雪覆蓋的墳堆。飽受折磨的薛聞海，歷經風霜的何裕，拄著拐杖的阿寶，不離不棄的吳磬，還有眾志成城的兄弟們……這些威武雄壯的身影為蕭瑟的冬季增添了無限生機，薛聞海朝著「守護」在這片土地上的親人們恭敬地抬起右手，一個醒目的軍禮在朝陽的映襯下熠熠生輝……

救贖
（節選）

這片土地粗獷且貧瘠，看不到天地的分界線，滿眼都是無垠的黃土，唐突的大風放肆地驅趕沙塵，它們走走停停，像無根的浮萍，被命運擺弄不休。這裡的人過著枯燥、乏味的生活，於他們而言，這就是世界的全部。他們說，大海的浩瀚是一種多餘；車水馬龍的大街是一種庸碌；磅礡的書山是一種無知。每人眼裡都藏著一個畫框，在框內填上生活，僅此而已……

初夏的早晨，沒有明媚的陽光，取而代之的是厚厚的、陰暗的雲層，被黃土「捍衛」的小村落正舉行一場「盛大」婚禮。所謂盛大，說白了就是敲鑼打鼓讓全村人知曉，為單調的婚姻多討幾份喜錢。這次不一樣，因為新娘是外地人，準確地說是城裡人，村民們都忍不住跑出來瞧上兩眼。

陳璞是小村里的年輕人，早兩年去城裡打工認識了宋瑜，陳璞讀書不多，口才倒是不錯，又肯吃苦，待人也和善，整個人看上去活力無限，完全是一個有志青年。宋瑜不芥蒂他的出生，看上的正是他的樸實和善良。兩人接觸了一段時間，覺得心心相印，便不顧後果攜手走向了婚姻的殿堂。

坑坑窪窪的泥地裡擺滿了大小不一的木桌，為了防止它們搖晃特意在桌腿下墊上了幾塊青瓦，用起來還算平穩。酒宴陸續擺上了桌，都是些家常菜，簡單地組合在一起，雞鴨算是翹楚了，拌上了「首魁」的角色。宋瑜按當地習俗穿上了大紅裙，上面繡著盛開的牡丹，粉紅色的一朵朵，帶著金閃閃的鑲邊，陳璞穿著一件紅襯衫和一條略長的黑西褲，一條微微掉漆的皮帶攔在腰間，鬆垮的褲臀周圍一下子被勒出數條皺紋。男人們湊在一塊，對電視裡看到的國家大事豪詞一番，女人們把家裡家外說了個遍，說完自家接著說別家。孩子們成群結伴，早早離開飯桌，跟一群散羊一樣到處溜達。大半天一晃就過去了，忙碌的婚禮算是拉上了帷幕。夜深人靜的時候，家裡的二老拿出白天得來的喜錢，對著喜布上的明細一邊查數一邊不忘數落幾句。都說愛情會讓人失去理智，這一點完全印證在了宋瑜的身上。迷失方向的宋瑜一頭扎進愛海，滿心歡喜地嫁到這裡，在這片「桃花源」過上了「男耕女織」的生活。

人流密集的街上雜亂不堪，小汽車玩命似的不停地發出「嗶，嗶……」的聲音，兩邊的小販歇斯底里地叫賣，一邊喊，一邊裝滿菜的大竹筐就伸到了小汽車的窗口，更有技術嫻熟的騎手，踩著自行車從小汽車身旁擦過，路邊一些中年婦女為了幾毛錢爭得面紅耳赤……陳小朵心灰意冷地走在擁擠的路上，她是宋瑜的女兒，一晃眼已經亭亭玉立了。自懂事以來，她每天都在做同樣的事情，那就是找一個可以容身的地方，周邊的小城她幾乎換了個遍，做過洗碗工，端過盤子，也當過清潔工，可惜隔上一陣子她總會被辭退，「這種人誰敢要？不孝的東西！」小城裡提起陳小朵聽到最多的話就是這句了，以前大家也只是在背後嚼舌根，但現在這似乎已經不足為宣洩憤恨的方式了，他們索性大聲說，專挑她在場的時候說，全世界的人都可以聽不到，唯獨她不行。

那時的街道跟現在差不多，看上去挺寬，卻總是被各種小販佔去一半，小轎車要開進來那還真是騎虎難下，進退不得。穿過這裡，前方突然變得安靜了，也空曠了，小時候陳小朵並不知道那兒就是派出所，只是看見裡面的叔叔們穿著很整齊，大簷帽看上去讓整個人都變得很神氣。

小朵呆呆地站在門口，傻傻地望著裡面，瘦瘦的、小小的身軀連門衛見了都心生憐憫。他從裡面出來拉著小朵的手，和藹地問：「小姑娘，你家裡人呢？是不是走丟了？」小朵不作聲，兩個黑黑的眼珠滴溜亂轉。這時一位年輕的警官從院裡出來了，挺拔的身姿，清秀的模樣，乾淨整潔的服飾都讓弱小的陳小朵眼前一亮。年輕的警官將同樣的問題又問了一次，見她不出聲就想先把她帶進院再幫忙尋找她的家人，他拉著小朵的手往裡走，卻發現小女孩往回退了兩步。幼小的力量讓年輕的警官停下了腳步，他轉過頭來，俯下身，輕聲問：「怎麼了？」女孩抿了抿嘴唇，問：「這是什麼地方？」年輕的警官笑了笑說：「這裡是教育做錯事的人，幫那些善良的人找回公平的地方。」女孩想了想繼續問：「所有人嗎？」年輕的警官回答：「對，所有人。」

「你怎麼跑這兒來了？」這時，身後傳來宋瑜的聲音，她一把抱住陳小朵，眼淚差點沒掉下來。「對不起，給你們添麻煩了！」宋瑜緩了一下情緒對年輕的警官說。「孩子太小，一定要注意，千萬別走丟了。」年輕的警官叮囑。宋瑜連連答應，拉著陳小朵往回走。

「叔叔，」陳小朵突然叫了一聲。「你叫什麼名字？」

「趙嘉！」年輕的警官笑著說。

轉眼的功夫半年就過去了，寒冬的一天，潔白的雪花從灰濛濛的天空不斷飄下，肅靜的大門前一隻小小的身影又出現了。「我找趙嘉叔叔。」

小女孩跟著門衛進了院子，來到趙嘉的辦公室，趙嘉趕緊遞來熱水袋，冰冷的一雙小手才剛剛觸碰到趙嘉，就讓他心中泛起陣陣涼意，他無法想像，這麼小的孩子獨自一人跑來這兒，他看了看窗外，皚皚白雪，心中不禁疑惑，她的父母在哪兒，在做什麼……

「你媽媽呢？」趙嘉關懷地問。

「媽媽病了。」陳小朵低聲回答。

「那爸爸呢？」趙嘉繼續問。

女孩想了一會兒問：「叔叔，你會抓壞人嗎？」

「當然了，」趙嘉笑著說。「叔叔是員警，專門抓壞人的。」趙嘉發覺陳小朵情緒變得很低落，心裡很著急，於是逗她說：「怎麼？我們的小朵知道哪裡有壞人，叔叔幫你把他抓過來。」

「嗯，在我家，就是我爸爸。」女孩點了點頭大聲回答。

這個意外的答案讓趙嘉驚訝不已，他咽了咽口水，房間裡似乎被一股寒流冰封了時間，沒人再說話。

陳小朵從記憶的深淵裡緩過神來，悄悄離開了，她來到關陳璞的地方。幾年的光景，陳璞也老了，兩鬢漸漸生出一些白髮，粗糙的皮膚不像從前那般有光澤了，緊緊地簇在一起，像極了連綿的黃土丘陵。

「爸，我來看你了……」陳小朵說。

「滾！」陳璞暴跳如雷，對陳小朵破口大罵。「我瞎了眼才養了你這個畜生！連自己老子都告！」

陳小朵並不覺得驚訝，她沉默不語，原地站了一會兒就走了。她沿著熟悉的泥路又回到了兒時的家，這裡一點兒也沒變，正是她幼小心靈受到創傷的地方，沾滿灰塵的空氣裡彌漫的是苦澀，連荏苒的光陰也無法治癒。

宋瑜嫁到這裡五年有餘了，她每天都有幹不完的家務。餵豬，鋤地，洗衣服，做飯，伺候老人……而那個「有志青年」打著出門賺錢的幌子每天都遊走在牌桌前。宋瑜之所以放棄一切嫁到這裡是因為相信了一份「真誠」，她厭倦了爾虞我詐，遠離城市無非想守護一方淨土，不曾想，這平靜之下的波瀾更加兇猛。時至如今，她明白，這裡沒有陳璞口中的與世無爭，沒有花香鳥語，也沒有淳樸真誠，更沒有曾經的承諾……流逝的歲月掩蓋了她的青春，留下的是滄桑和淚痕。

「我們離婚吧！」宋瑜終究還是說出了口。

「離婚？」陳璞聽了大怒，抬手就是一巴掌，宋瑜仿佛他手裡的紙牌，被揉捏過來推搡過去的，磕磕碰碰弄了一身傷，宋瑜忍不住找機會跑出屋，沿著泥濘小路往外跑，這時，陳璞喊了一嗓子，坡上坡下的住戶都趕了出來，追著宋瑜不放，幾個年輕小夥直接抓著樹幹從門前的土坡上竄了下來，越過剛剛收割完的農田，踩著麥茬就追了上去，抓住宋瑜就往回拽，「你還敢跑！嫁過來了就是這兒的人……」

「敢跑？打斷你的腿！」陳璞火冒三丈。「想離婚？門都沒有！」

此後，宋瑜再也不敢提離婚的事，除了得到一頓毒打以外，沒有任何改變。宋瑜雖來自城裡，但也只是相對而言，家裡兄弟多，她沒機會上學，也沒什麼文化，只能忍氣吞聲，勉強過下去。陳璞越發得寸進尺，常常合著兩位老人對宋瑜又打又罵，一點不順心就全部發洩在她身上，對三歲的女兒不聞不問，反而不停地催她生二胎。

深夜的寂靜往往被他們的打鬧聲打斷。所有的一切都被躲在暗處的小朵看在眼裡，刻在心裡。沒人在意她內心深處被強行壓制的恐懼，她不敢哭，因為哭聲會讓她遭到痛罵甚至皮肉之苦。

這麼多年過去了，這裡一塵不變。「這不是陳小朵嘛！」農田裡一個中年婦女放下手裡的鋤頭驚呼。然後突然跑開大喊起來：「快來看啊！不孝女陳小朵回來了……」刺耳的聲音迴蕩在整個村落，不一會兒就湧來一群人，男女老少都有。「看到沒？這就是那個不孝女，以後千萬不能學她，聽到沒？」幾個年輕的婦人在一邊指手畫腳，教育自己的孩子。「你還有臉回來？」「呸，不孝的東西！」「趕緊滾！這裡不歡迎你！」人群裡你一句我一句炸開了鍋。還有幾個調皮的孩子索性抓起地上的石子和泥土扔在陳小朵身上。小朵沒說什麼，轉身走了。

她沿著村外的路一直往前走，朝高坡去了，心底暗藏的委屈終於爆發了，滾燙的淚水還是流了下來，落在乾涸的黃土地上，飛舞的塵沙在臉上一頓亂撞。她失落的身影在縱橫交錯的溝壑間忽隱忽現。不一會兒她來到了斷崖的至高點，這裡，她彷彿聽到百靈鳥純淨、空靈的聲音，穿透渾沌的天空，飄進心裡，沁潤了整顆靈魂。

她伸開雙臂，慢慢移動腳步，崖邊的碎土嘩嘩地掉了下去，陳小朵也跟著溜了下去，突然，一隻溫暖的大手抓住她，陳小朵睜開雙眼看到了那張總是帶著希望的臉，是趙嘉，她淡淡地笑了笑，對趙嘉說：「放手吧！」淚水不由自主地從眼眶裡溢了出來。「我累了……」

趙嘉用盡全力將掛在斷崖的陳小朵拉上來，他坐在地上狠喘了一陣，靜靜看著一旁的陳小朵，曾經從她眼中見到的勇氣已經被殘酷的世界磨沒了，只剩下暗淡、消沉。趙嘉心中隱隱作痛，輕嘆了一聲，他語重心長地對陳小朵說：「不要放棄……」兩行清澈的淚珠從小朵滿是塵土的臉上流了下來，印出兩條雪亮的痕跡。

遠方，漫天一色。一輪紅日噴薄而出，漸漸躍上坡沿，劃過隻身孤影的白楊，彷佛焰火，灼熱了這片黃土……

戲子

清晨，萬籟俱寂。柔和的光線穿過薄薄的雲霧籠罩整片大地。濕潤的暖風輕輕拂來，然後又悄悄離開，留下一片寧靜。嚴香墨漫步在空曠的大街，突然，她停下了腳步抬頭仰望，「拂袖園」三個醒目的紅字印入眼簾，「就是這裡了。」她心中默念，清秀的臉上頓時浮現出無限欣喜。

遼闊宏偉的庭院中，房屋儼然，石板小路錯綜交雜，亭台樓閣錯落有致，滿園的春色盡收眼底。熙攘的人群各司其職，忙得不可開交。

大院左邊，排列整齊的一隊人踢著高腿有條不紊地沿著院子的邊緣來回穿梭。另一邊，兩人一組，三人一堆，推推攘攘，仿佛要將陳列在周邊的武器盡數展示一番。角落裡，一些人翩然起舞，低吟淺唱，他們抑揚頓挫，婀娜餘音徘徊在庭院的上空，久久不能消散。院子正中央，一個中年男人昂首挺立，他目光如炬，認真地打量著周圍，時不時訓斥幾聲，手裡的教棍也隨之起伏跌宕。他叫何儒甫，是「拂袖園」的主人。

「班主，」一個溫文爾雅的年輕男人雙手捧著茶碗畢恭畢敬地說。「請喝茶！」

「嗯，」中年男人輕哼了一句作為回答。

「班主，今晚的戲……」年輕男人小心翼翼地試探。

「怎麼？等不起了？」何儒甫一臉不屑地說。

年輕人叫嚴傲桀，得知「拂袖園」是京城最大的戲班，於是慕名而來，希望可以得到重用，登台亮相。

「班主，」這時，一位打雜的下人來報。「門外有位姑娘聲稱前來尋親。」

「叫什麼？」

「嚴香墨。」

「是小妹。」嚴傲桀喜出望外，驚呼。「班主，墨兒是家妹，我很久沒見她了。」

「去吧！」何儒甫對嚴傲桀說，並對一旁的下人點了點頭，示意讓門外的姑娘進來。

「哥，」香墨迫不及待地走進院子，一眼就看見了人群裡的哥哥，興奮不已。

「你怎麼來了？」嚴傲桀激動不已，他大步迎上前。

「說來話長，我沒地可去，只好來尋你了。」嚴香墨一臉惆悵地說。

「沒事，還有哥哥。」嚴傲桀溫柔地安慰香墨。

「爹呢？我回去過，可是沒看到爹，戲班也散了。我好不容易才打聽到你在這兒。」

「爹遣散了戲班的人，留下一封信走了，不知去向。你不是跟著陳豫過日子嗎？怎麼……」

「我……」香墨不知如何開口，內心還沒來得及癒合的傷口再次裂開一條縫……

鵝毛大雪從灰濛濛的天空洋洋灑灑地飄落而下。很快就給大地披上了一層厚厚的外衣。香墨站在街角，默默地望著前方——一對新人牽著紅色的、連著繡球的綢緞，怡然自樂地踏進了一座氣勢恢宏的宅院……

男人正是陳豫。

「回來也好，以後我們兄妹相依為命，哥會好好照顧你的。」嚴傲桀看出妹妹心中苦悶，也不再多問。

香墨緩過神來開心地點了點頭。

「來。」嚴傲桀拉著香墨來到何儒甫身邊。

「班主，這是家妹……初到京城……」嚴傲桀怯怯地試探。

「東院角落裡有間空房，暫時住那兒吧！」班主沉默了一會兒說，他瞥了一眼嚴香墨，眸子裡閃過愛慕的情意。

香墨冰雪聰明，才住了幾天就發現嚴傲桀在這裡過得並不盡如人意，自知寄人籬下，當然不能衣來伸手，飯來張口，所以，她主動幫忙打理戲班的一些瑣事，像洗戲服，端茶倒水，收撿道具之類，一些力所能及的事情，希望不會拖累嚴傲桀，期盼他可以受到青睞，早日登台，名震天下，實現他夢寐以求的願望。

花團錦簇的小院在陽光明媚的春季真是美不勝收，院裡姹紫嫣紅，芳香四溢，一團團深粉色的薔薇爭先恐後地爬上牆頭，角落裡幾株桃樹也不落後，紛繁的花朵和小姑娘害羞的臉蛋兒一樣撫媚、鮮麗。一陣微風吹來，花瓣在空中打著旋兒，然後輕盈地飄灑下來，落在人們的肩膀上、頭頂上，落在古樸的石板小路上。同往日一樣，所有人各就各位，香墨也不例外，忙碌的身影往返於庭院間。

小院一角的僻靜之地，何儒甫孤身一人坐在石桌旁，若有所思地看著院裡的香墨。

「班主。」嚴傲桀健步走來。「您找我。」

「你想登台？」何儒甫收回落在香墨身上的眼神，冷冷地說了一句。嚴傲桀一臉驚喜，激動得半天說不出話來。

班主掃了他一眼，接著說：「想登台，也不難。」

「您同意我登台？」嚴傲桀喜上眉梢，他再次確認。「謝謝班主！」

何儒甫不緊不慢地端起桌上的茶，意有所指地說：「那……你拿什麼謝我？」話落，徐徐地品了一口茶，再次將目光投向遠處的香墨。

嚴傲桀順著何儒甫的視線望去，瞬間明白他想要什麼。他一臉為難地看著何儒甫，沉默不語。

「晚上我等你的回覆。」何儒甫富含深意地對嚴傲桀說。

回房的路上，嚴傲桀一直愁眉不展，兒時的記憶不斷縈繞心頭……

深夜，大廳裡，昏暗的燭光下依稀看見兩個弱小的身影，他們並排跪在地上，兩隻手捧著一摞碗碟高高地舉過頭頂。

「哥哥，你胳膊痛不痛？」

「不痛。」

「爹爹下手也太重了。」

女孩想了一會兒，小心謹慎地放下手中的碗碟，慢慢起身，兩隻小手吃力地從哥哥那裡拿過幾隻碗碟放到自己的那一摞，然後再次跪在地上，將碗碟高高舉起，朝滿身傷痕的哥哥露出一個溫暖的笑容。

嚴傲桀推門進屋，躺在床上苦思冥想，不知該怎麼辦，內心的矛盾緊緊地抓住他不放，這時，他想起兒時父親登台的樣子：氣宇軒昂，英姿煥發，而且場場滿座，觀眾的歡呼聲此起彼伏，震耳欲聾。那種羨慕的眼神，那種被人崇拜的感覺……苦練十餘載為的不就是上台嗎？

想到這兒，他猛地起身，毅然走向嚴香墨的房間。嚴傲桀自然沒跟香墨說實話，支支吾吾地說班主有事尋她，讓她晚上去找何儒甫。嚴香墨躊躇再三，但因自己兄長拜託，便不再多想，最終還是答應去找班主。

晚上，嚴傲桀陪著香墨一起來到何儒甫的房外，「咚咚咚，」嚴香墨敲了幾下門，沒人回應，「吱，」輕輕掩上的房門自己打開了一條寬縫，嚴香墨迷惑地看向嚴傲桀，不知如何是好。

「去吧，我在門外等你。」嚴傲桀點了點頭，一邊寬慰，一邊竄著香墨進了屋。屋裡燭光搖曳，浮著一股淡淡的檀香。她環顧四周，目光灑在了角落裡的一張梳妝檯上。她慢慢走近，木質的檯子上雕刻著精美的花紋，擺著各種各樣的頭飾。

「你喜歡？」何儒甫一直在紗帳後默默注視著她，他悄悄來到香墨身邊。嚴香墨驚得一哆嗦，立即緩過神，恭敬地招呼道：「班主。」何儒甫沉默不語，一雙洋溢著無限情感的眼睛盯著嚴香墨不放。

「我哥哥說您找我有事？」香墨雪白的雙頰隱隱泛起一抹桃紅，她避開班主的眼神，用略微顫抖的聲音岔開話題。這時，何儒甫一把抓住香墨的雙肩，急不可耐地親了上去。嚴香墨驚恐地掙脫開，一邊喊嚴傲桀，一邊朝門口跑，何儒甫幾個流星大步就擋在了嚴香墨身前，他俐落地鎖上門，然後轉身，一臉得意地朝她逼近。

「哥。」心驚膽顫的嚴香墨繼續朝著門外大喊，迫切地抓住這唯一的希望。

「他走了。」何儒甫洋洋得意地說。

「不會的。」

「為了登台，他會。」何儒甫一臉壞笑，瞬間撲了上去。

嚴香墨恍然大悟卻無論如何也接受不了這一切，畢竟是她朝夕相伴的親哥哥，她在絕望中拼盡全力嘶喊，逃竄，戰慄之下使勁用頭撞向何儒甫的前額，何儒甫迅速收回壓在嚴香墨身上的手，一個巴掌扇在她如花似玉的臉蛋兒上，然後揉著自己疼痛的額頭，香墨趁機再次瘋狂地奔向門口，卻被何儒甫一把扯了回來，狠狠摔在地上，他惱羞成怒，拿起高台上的鞭子狠狠抽打地上的嚴香墨。

香墨疼痛難忍，她慌亂地爬到圓桌下躲避，何儒甫一腳踢開椅子，拽著她的腿就往外拉，然後揮舞長鞭繼續用力抽打。偌大的房間卻無香墨的容身之地，博古架、几案、床下，無論她爬到哪裡，都躲不掉如影隨形的何儒甫。她單薄的衣服上逐漸露出血印，她倒在床榻邊，用最後的力氣扯下被褥緊緊裹住自己，沙啞的喊聲漸漸沉澱下來。她衣衫不整，坐在地上抽泣不止，一雙水汪汪的大眼睛暗淡無光。氣喘吁吁的何儒甫將長鞭扔在一旁，蹲下身，無情的雙手好不溫柔地掀開她身上的被褥，扯開她凌亂不堪的衣衫，在她雪白光滑的肌膚上肆意地揮霍他內心深處的欲望。

漫長的一夜終於過去了，晨曦微露，園中已是「咿咿呀呀」一片，練嗓的、踢腿的、壓腿的……所有人在柔美的晨光中展開了忙碌的一天。何儒甫也不例外，一大早就能聽見他的呵斥聲。沉寂、空曠的廂房裡，香墨披頭散髮，露在外面的凝脂般的肌膚上一條條血痕清晰可見，豐腴的唇邊一塊青一塊紫。過了半晌，她穿好衣服，踉踉蹌蹌地走出房，扶著迴廊的欄杆吃力地邁著小步，幼時的記憶緩緩浮現……

「哥，疼不疼？你又挨打了？」香墨滿懷關切，輕聲詢問。

「你怎麼來了，要是被爹看見你也得受罰。」

「沒事，爹已經睡了，我給你帶了好吃的。」

嚴香墨偷偷摸摸地拿出懷裡緊緊抱著的碗遞給嚴傲桀。

「我吃青菜，雞腿給你。」嚴傲桀夾起碗中的雞腿遞給妹妹。

「一人一半。」嚴香墨撕下一小塊肉，然後用油油的小手將剩下的一大半又放回嚴傲桀的碗裡。

朦朧的月色下，兩個幼小的身影緊緊地靠在一起……

想到這裡，豆大的淚珠潸然而下，嚴香墨一路蹣跚地來到哥哥房前，她一把推開房門，嚴傲桀見到狼狽不堪的妹妹，想上前慰問，卻不知該說些什麼，又能說些什麼，「啪」一記響亮的耳光落在嚴傲桀的臉上，嚴香墨淚如雨下，任憑怎麼流也流不盡心中的委屈和痛苦。「我是你妹妹，」過了好一會兒，幾個字從她抖動的唇間擠了出來。她聲嘶力竭地喊了一句：「親妹妹。」然後轉身，消失在熹微的光線裡。

嚴傲桀見了落魄的妹妹後，心中五味雜陳，他坐立不安，不知該如何，想著事已至此，只能硬著頭皮往前走，等功成名就之後再補償妹妹。於是這天夜裡，他來找班主，希望班主兌現他當初的承諾。

「我已經把妹妹給你了，你總該讓我登台了吧！」

「登台？」班主一聲冷笑。「別天真了，你非我『拂袖園』弟子，我怎麼可能讓你登台！」

「你……」嚴傲桀聽完，一腔熱血消失殆盡，沒想到如此大的犧牲換來的竟是無限失落，寄託的希望頃刻間土崩瓦解，他心中猛地激起一股怒火。他朝著何儒甫用力揮拳，響聲驚動了院裡的人，大家紛紛跑來阻擋。何儒甫怒火中燒，命令下人教訓他。「打斷他的狗腿，還想登台！哼！」何儒甫一副蔑視的樣子，狠狠地罵道。

「師父，差不多了，別真打死了。」一位弟子勸阻。

何儒甫一個眼神讓手下停了下來，他慢慢湊近倒在地上的嚴傲桀：「看在你妹妹的份上，我饒你一條狗命。」

「拖到柴房去。」何儒甫對身邊的人吩咐道。至此以後，嚴傲桀一瘸一拐，佝僂的身軀一直穿行在後院的雜工房。每天洗衣、劈柴、挑水……

香墨也沒好到哪裡去，雖不像嚴傲桀那般清苦，但想邁出「拂袖園」的大門，那是癡人做夢。她就像何儒甫的一件衣服，被他肆意蹂躪，什麼時候想起來了就拿來穿穿。

此後，沉淪於悲傷的香墨過著行屍走肉般的生活，這天夜裡，陣陣秋風帶著寒意呼嘯而過，滿園的落葉隨風起舞，香墨倚在迴廊的圓柱邊，塵封的往事歷歷在目……

「豫哥，你什麼時候娶我過門？」嚴香墨一臉期待地看向陳豫。

「再等等，等我再賺一筆……」

「我們現在不挺好嗎？」

「不，我要風風光光地把你娶進門。」

「我不在乎這些。」

「相信我，我要讓你當最美的新娘。」

「我不想再做那些偷雞摸狗的事了。」嚴香墨低頭不語，過了許久，弱弱地說。

「最後一次，相信我，然後就收手。」

「你終究還是娶了別人。」嚴香墨心中暗暗感慨。兩行清淚不由自主地沿著她桃花一樣粉嫩的臉頰流下。「我該為自己活一次了。」一個念頭在她沉痛的心中萌芽，她憂傷的眼神裡透過一道寒光。

靜謐的夜晚，微風輕拂，藍藍的夜空中偶爾劃過幾片輕薄的雲紗，香墨倚坐在窗前，清寒的月光透過鏤空的紗窗射進屋裡，她穿著一身暗紅色的旗袍，對著鏡子描眉畫眼，看著鏡子中半妝半素的自己，突然想起了父親……

「墨兒，又在吊嗓子了？」

「爹。」香墨滿臉笑容，跑過來挽著父親的胳膊。

「爹不想讓你繼承衣缽。」

「為何？」

「梨園的苦不足為外人道，桀兒已經踏進來了，爹實在不捨得你也陷進來。」他滿臉憐惜地看著香墨，眼中無限溫柔，然後語重心長地說。

嚴父沉默了一會兒接著說：「你和陳豫怎麼樣了？他若待你好，就跟他去吧，離開梨園，去過好日子。」

嚴香墨靦腆地笑了笑，扭過頭不說話。

「只是可惜了……你天資聰慧……」嚴父悲嘆道。

「像爹那樣風光地站在台上不好嗎？」

「眾人皆贊我演繹了人生，唯我哀嘆人生奴役了我……」（戲曲腔調）嚴父沉思了片刻，淡淡一笑，滿懷傷感地感慨。

一滴淚劃過她瑩潤的臉頰，她從回憶裡醒來，不禁輕嘆：人生如戲，半點不由人，寫好的譜要我如何改？她用一支精緻的髮簪挑起縷縷青絲，直至它們緊緊地融合在一起。最後，用裹著唇脂的畫筆在她紅潤、飽滿的唇間勾上兩筆。沉魚落雁之容頃刻間立於眼前。香墨再次瞥了一眼鏡子，內心深處最痛的傷口終於裂開了……

陰冷的墓穴裡伸手不見五指，照明工具發出的亮光在這無垠的黑暗中也只是星星點火，香墨跟著陳豫，越往裡走越覺得陰森詭異，她緊緊地拉著陳豫，大氣都不敢出一下。這時香墨放慢了腳步，拽著陳豫的手漸漸落下，整個人變得有氣無力，倒在地上，全身痙攣，陳豫的呼吸也逐漸變淺，繼而喘息。他拉著香墨拖著沉重的腳步往外走，不多一會兒，突然感到地面緩緩震動，「快，墓要塌了。」陳豫催促道。香墨身體之力，三步一摔，兩步一倒，走了半天也沒前進多少，陳豫心急如焚，眼看墓就要塌了，「對不起。」他猶豫了幾秒，放下香墨，獨自跑向光源……無力的香墨看著陳豫逐漸消失的背影，心中的落寞油然而生，她用盡全力撐起身子繼續往前走……

她回過神，拂去晶瑩的淚珠，慢慢起身，在灑滿月光的房間裡婆娑起舞，唱起了兒時父親教的曲子（戲腔）。班主聞聲而來，他饒有興致地踱步走近，透過紗門，眼前的嚴香墨風情萬種，她鶯聲燕語，柳葉般細細的彎眉，桃花一樣撫媚的雙眼勾動著他迷醉的心扉。再靠近，只見她面似芙蓉，朱唇微微上揚，身姿更是丰韻娉婷，帶著瘀痕的臉在月光的映襯下越發撩人心弦。他走近，滿眼憐愛地看著她，然後一把抱起她，朝著輕紗幔帳緩緩而去。

日復一日，班主越發欣賞她細弱遊絲的嗓音，沉迷她翩若驚鴻的身姿，他甚至開始萌生一絲欽佩，於是終於破例准她登台。雖然嚴父不願香墨捲入這暗黑的痛苦，但一身的技藝分毫不漏地傳給了兄妹二人，香墨聰穎好學，集百家之長融會貫通，比嚴傲桀更具天賦。香墨第一次登台就驚豔四座，名聲大振，至此之後，不少有名望和權勢的人點名前來觀戲。

蕭瑟的冬季邁著矯健的步伐如期而至，整個院子裡百花凋零，萬物枯萎，唯有牆角的梅花獨佔鰲頭。這裡的生活一塵不變，黃昏悄然而至，陰鬱的天空中彌漫著淡淡的憂傷。京城一角，富含節奏的銅鑼聲打破了冬季的寂靜。高高聳起的方台上，香墨驀然回首，衣袖輕輕拂過她紅潤的臉頰，真可謂一曲惹人醉，台下座無虛席。觀眾連連叫好，這一回眸，香墨的眼神與人群中氣度非凡的四爺相匯，他眉目清秀，風度翩翩，目不轉睛地盯著台上的香墨，賞識之情溢於言表。香墨衝他微微一笑，慢步退出戲台。

「香墨小姐。」一張生人面孔進入後台，禮貌地對正在卸妝的香墨說，同時將一份請帖雙手遞上。「古四爺邀您明日去府上一敘。」

香墨深邃的眼神瞥向一旁的何儒甫。

「四爺盛邀，是你的福氣。」何儒甫皮笑肉不笑，連連附和道。

香墨接過請柬，心有所悟地回答：「我會準時赴約。」何儒甫心中雖有不悅，但礙於古四爺的勢力，也只好默不作聲。

次日，香墨一身黑色旗袍，上面紅色鉤花鏤空，好不貴氣。毛領披肩的上方，一張小臉依舊白皙水嫩，只是不再如原先那般柳弱花嬌了。如今的她看上去多了幾分沉穩。她跟著古四爺的人，如約而至。

寂靜的黑夜，房間裡燭火依舊，顯得格外耀眼。香墨與古四爺立於窗前，四爺含情脈脈地看著眼前花容月貌的香墨，不由自主地伸出手輕輕地摟向她的楊柳細腰，漸漸靠近的嘴唇被香墨的玉指攔了下來，她挑了挑彎彎的細眉，柔情似水的眼神望向四爺，一個柔軟的聲音在四爺的耳邊響起：「四爺能給我什麼？」

「你想要什麼？」四爺淡淡一笑，饒有興趣地問，然後一把抱起香墨，吹滅蠟燭，兩人如畫的身影消失在黑暗裡。

明朗幽靜的清晨在一片喧囂中拉開了帷幕，一隊人氣勢洶洶地走進「拂袖園」，將何儒甫架著扔出園外：「這園子以後是四爺的，趕緊滾！」站在角落的香墨將一切都收入眼底。「香墨小姐。」帶隊的人慢慢走來，彬彬有禮地說。「四爺吩咐了，這園子以後就是您的，至於這裡的人……是走是留，您隨意。」

後院的嚴傲桀聞聲出來，他慢慢走向香墨，臉上浮現深深的愧疚，用低沉的聲音問：「為什麼留下我？」香墨緩緩轉過身來，「我要你一輩子在梨園為奴……贖罪！」香墨鋒利的眼神中帶著無限哀怨，用顫抖的聲音低吼道，然後拂袖而去。

又是一個繁花盛開的春季，月朗星稀的夜晚，滿園梨花純潔無瑕，玉石般澄澈、光滑的花瓣隨著微風飄落而下，淡淡的清香沐浴著這裡的每一寸土地、每一個角落。香墨青絲垂墜，兩鬢的髮絲微微挽起，落在頭頂，宛如一朵含苞待放的青蓮。她一襲紅褶，刺繡的花朵點綴其間，兩頰紅妝，溫婉動人，一縷黛眉些許上揚，如蠶蛾的觸鬚一般細長彎曲。

她邁著輕盈的步伐，在皎潔的月光下翩然起舞。甩、撣、撥、勾、挑，青紗水袖如一輪彎月在星空中劃出柔美的弧線，抖、打、揚、撐、衝，每一個動作挺拔含蓄，剛勁又柔韌。水袖拂面，清秀的臉龐在紗幔下若隱若現——朱顏玉貌，明眸皓齒，似清晨的朝陽，紅潤中挾著一絲嬌羞。猛回首已是烈日炎炎（川劇變臉）——濃妝豔抹，清澈的眸子如瀲灩的河水，淒冷、深邃。一滴淚沿著香墨的臉頰悄然而下。再回首（川劇變臉）——桃腮粉臉，千嬌百媚。

這時，她眼角的餘光掃到了迴廊裡的嚴傲桀，他呆呆地看向這裡，濕潤的雙眼裡寫滿了苦澀，是由衷的賞識之情？還是沉痛的悔恨之意？他回過神來，連忙說：「班主，新人到了。」香墨收起舞姿，看向浩瀚的深空……

一群白臉小生邁著小步井然有序地進了院，他們排列而立，依照次序各自報名。香墨走向其中一名學徒，輕輕挑起他尖尖的下頷，一張青澀的臉蛋冰清玉潔，正如昔日的她……

我愛你

法官：「本院宣判，鑑於母方許夢男經濟條件欠佳，其女陳妞的撫養權歸屬父方陳伯生……」

「我不同意！」許夢男淚流滿面，在絕望來臨之際懷著悲哀的心情再次聲嘶力竭地喊道……

「你又在這兒打牌？」

「一個婦人跑這兒來做什麼？」

「又輸了多少錢？」

「你管我輸贏，錢是我掙得，打牌娛樂一下怎麼了？你管得著嗎？」

「我每天省吃儉用，你卻在這裡揮霍，一下班就跑這兒來，你是野人嗎？你知不知道你還有家？你屁股長在這椅子上了是嗎？」

「啪！」一記響亮的耳光落在女人滄桑的臉上。

「你打我？」女人憤怒地看向男人，接著一屁股坐在地上，雙手拍打地面，歇斯底里地哭喊起來：「大家都來評評理啊，我眼瞎才嫁了這個男人，你們都來看看，這個男人天天不回家，只知道黏在這裡打牌，說他兩句還動手打人……」

女人的呼喊聲很快就引來圍觀群眾，這個小城鎮一向如此，最不缺的就是唯恐天下不亂的人，拿著好心勸架當幌子跑來看熱鬧，臨了還風言風語幾句……

「你們沒家嗎？沒事可做嗎？一天到晚喊他打牌，弄得他連家都不管，你們這群害人精到底什麼居心？……」女人朝著同她丈夫一起打牌的人咆哮。

男人見女人對自己的朋友如此無禮，又覺臉上無光，於是狠狠地喊：「你吃的、喝的、穿的、用的，哪樣不是我給的？你要不樂意就走！帶著你那沒用的孩子一起滾！」

「什麼我的孩子？！她不是你的孩子嗎？你不該養她嗎？……你出去吃香喝辣不帶我也就算了，你連孩子也不帶？……」

「老師？許老師？」小雅的聲音將許夢男從沉痛的回憶中拉了回來。「我畫得好嗎？」小雅晃了晃許夢男的衣角再次問，明亮的大眼睛裡滿是期待。

「當然了，小雅畫得特別棒！」許夢男回過神，會心地稱讚。

「老師喜歡嗎？我可以送給你。」小雅滿心歡喜地說。

許夢男柔和的目光再次投向畫面：一個偉岸的男人抱著孩子，旁邊站著一個溫婉優雅的女人，女人挽著男人的胳膊，他們在孩子綻放著燦爛笑容的臉蛋上深深一吻……

「我很喜歡這份禮物，謝謝。」

「老師，你的夢想是什麼？」

「我？我……我……」

「鐺鐺鐺……」嘹亮的鈴聲迴蕩在校園的每一個角落，打斷了許夢男與小雅的對話，「放學了！」小雅激動地收拾起課桌來。夢男也開始忙碌，維持所有學生的秩序。

孩子們排著整齊的隊伍在老師的帶領下歡快地走出教室。院子裡乾淨整潔，石板小路的兩旁矗立著各種各樣的遊樂設施：滑滑梯、秋千、翹翹板……應有盡有，它們豐富的色彩為這座童話般的城堡添上了無限的快樂。穿過這條洋溢著幸福的小路後，他們來到院子的正門，透過鐵門的縫隙，可以看到外面人頭攢動。夢男打開一扇小門，將孩子送到家長們溫暖的懷抱裡，孩子們歡呼雀躍地摟著自己的父母，迫不及待地向他們講述今天發生的趣事……

「爸爸……」小雅開心地對一個正朝這個方向走來的男人喊道。男人過來一把抱起小雅，寵溺的眼神直勾勾地落在小雅身上：「今天乖不乖？有沒有調皮？」男人一邊詢問一邊溺愛地親了親小雅粉撲撲的臉蛋。「辛苦老師了，小雅我就接走了。」男人禮貌地對夢男說。「老師再見！」小雅笑著喊，她摟著男人的脖子在夕陽嬌媚的餘暉裡慢慢消失……

「我想有個家，這就是我的夢想……」看著所有孩子挽著父母離去的背影，雙眸已濕潤的夢男默默低語。

夢男是這所幼兒園的老師，跟其他人一樣在這座繁華的城市裡為生計奔波勞碌，所幸，這所幼兒園的園長很善良，體恤夢男來自外地，各方面多有照顧，特意為她安排了學校的宿舍，夢男也很努力，除了幼兒園的工作，也兼職一些家教。

「叮叮叮……」夢男的電話響了，「老師，我想邀請你今晚來我家參加生日派對，你會來嗎？」妞妞期待地問。妞妞是夢男的一位家教學生，跟著夢男學習大半年了，妞妞很喜歡夢男，半年來成績突飛猛進，她的父母十分滿意，也很尊敬夢男。「當然了，我一定去，謝謝你的邀請。」夢男和藹地回答。

夢男掛斷電話，回園裡收拾了一下便帶著包走向車水馬龍的大街。喧囂和繁華從未離開過這座大都市：高樓林立，人群熙來攘往，形形色色的汽車扯著嗓子肆意地吶喊……突然，夢男放慢腳步，在一家商店的櫥窗前停下來了，櫥窗裡的模特穿著一條深粉色公主裙，腰間繫著優雅的淡粉色蝴蝶結，層層輕紗拼接成浪花般的裙擺。夢男看得入了神，一幕幕往事浮現眼前：

「媽……這套裙子漂亮嗎？」

「難看死了，顏色那麼亮，兩天就得洗，你想累死我嗎？你就知道學別人樣……還有，你頭上戴的什麼東西，難看的要命，留那麼長的頭髮幹什麼，明天去剪短，聽到沒有……」

「小姐？您要是喜歡可以進來看看。」服務員的邀請打斷了夢男的思緒，「我要這套公主裙，」她果斷請服務員把這套裙子包起來，準備作為生日禮物送給妞妞。

晚上，夢男準時來到妞妞的生日派對，一進門一片氣球圍成的浪花就湧了上來，各種各樣的禮盒擺在被鮮花簇擁的圓桌上，甚至還沒來得及打開，繞過大廳，帶有花紋的木梯直通二樓，豪華且神秘。夢男穿過人潮來到妞妞和她父母跟前，將禮物遞給妞妞，滿懷欣喜的妞妞迫不及待地打開，開心的幾乎跳起來：

「哇哦，太漂亮了，謝謝老師！」

夢男與妞妞的父母寒暄了幾句，妞妞的父母也向夢男介紹了身邊的幾位朋友。大廳裡，大家談笑風生，氣氛融洽，妞妞和她的小夥伴們一起在人群中追逐打鬧，天真浪漫的笑容比春天盛開的花朵還要奪目，夢男若有所思地看著這群快樂的孩子，傷懷之情逐漸表露出來……

「你好，許老師，」陳伯生看夢男心事重重，特意來打招呼，夢男一看，是妞妞的父母介紹過的一位朋友，「你好，」夢男也禮貌地回答，兩人聊了一會兒，夢男憂鬱的神情開始變得柔和起來，仿佛忘記了所有的煩惱。派對在歡聲笑語中漸漸拉下帷幕，意猶未盡的人們陸續離開，夢男也不例外，跟著人群一起離開了妞妞家。

日復一日，夢男一如既往，在簇擁的人群中掙扎，在喧鬧的城市裡奮鬥，陳伯生自派對後，時常來學校接夢男吃飯、散步，偶爾也聊聊心事。

秋季的傍晚，陽光依舊，不過少了幾分炙熱，夢男同往常一樣到妞妞家補習功課……

「你幹什麼？」

「我怎麼了？」

「說好補習費一小時三百，你怎麼給四百？」

「許老師人不錯，對咱們家妞妞也很照顧……」

「你少拿這些話來糊弄我，說，你是不是跟她有什麼關係？」

「你瞎說什麼？」

「我瞎說？你平時對她祛寒問暖也就算了，平白無故的為什麼要多給她錢？不是曖昧，那是什麼！」

「你不要無理取鬧！」

「我無理取鬧，你去跟她過啊！」

夜色下的大街少了許多靈動，更多的是寂靜，滿地落葉隨著人們急促的腳步翩翩起舞，寒風襲來，夢男裹了裹大衣落寞地漫步在深秋的街道，不禁感慨：所有的解釋在這個現實和蒼白的世界面前都是浮影，相信一個人尚且不易，又如何讓他人相信自己。

秋去冬來，很快便迎來了大家期待已久的寒假，新年也會接踵而至，孩子們蹦蹦跳跳地離開了學校，想著為期一個月的寒假，以及即將到來的新年，夢男的臉上露出淡淡的憂傷，或許，一個月太久了……

「夢男回來了？」

「嗯，沈阿姨來了？快進來坐。」

「在哪兒工作呢？結婚了嗎？有孩子了嗎？」

「哦……嗯……」夢男支支吾吾地敷衍。

「要我說，還是早點結婚，你看我家那不爭氣的孩子，現在不也過得挺好嘛，媳婦娶了，孩子也有了……」

「我早就這麼說過……」在一旁的許媽媽突然插話。

「上那麼多學最後還不是要結婚生子……你們當初怎麼想的？把孩子送那麼遠的地方讀書，耽誤了這麼多年……」沈阿姨繼續說。

「每個人都有自己的選擇。」夢男輕聲說。

「什麼自己的選擇？你有什麼選擇？學那麼多有什麼用？最後還不是給人生孩子！」夢男的母親怒喊。「什麼夢想？你又不是男人，你能幹什麼？就不該讓你出去！才讓你有了這些奇怪的想法！」

「算了，不要說了，對牛彈琴！」旁邊的許父一邊抽煙一邊熱嘲冷諷地說，「人家現在是讀過書的人，我們是管不了了。」

「你的夢想實現了嗎？拿給我看啊？多大的人了還沒成家，你看沈阿姨家，孫子都三歲了……我都替你丟人，讓人笑話！」夢男的母親繼續吼。

「四歲了……」沈阿姨自豪地說。

「家？什麼是家？要我為了不讓別人笑話成家生子嗎？你們想過我的感受嗎？要我的孩子像我一樣在痛苦裡掙扎嗎？」百般忍耐的夢男終於出聲了。

「什麼在痛苦裡掙扎？我們把你怎麼了？我們給你吃，給你穿，還供你讀書，髒活粗活都沒讓你幹，你還怎麼了？」夢男的母親繼續怒吼。

這時站在一旁的沈阿姨見勢不對，悄悄溜走了。

「你們愛過我嗎？你們抱過我嗎？親過我嗎？陪過我嗎？你們知道在黑夜獨自一人看萬家燈火的感覺嗎？」涙流滿面的夢男用嘶啞的聲音說。「什麼是『應該』？應該結婚了，應該生孩子了，你們這輩子一直為『應該』而活，被『應該』奴役！……生下我也只是因為應該有個孩子……」

「啪！」許母一記耳光落在夢男臉上，「我就不該讓你出去！不該讓你讀那麼多書！」

房間裡沒人再說話，靜的像寒冬的深夜，能感覺到的只有流動的空氣。

「放手！……求你們……」夢男被淚水淹沒的臉上露出無限的憂愁和無奈，沉默了許久，她跪在地上發自內心地懇求。

「嗶……嗶……」陳伯生的車喇叭聲打斷了夢男的回憶，他下車緩緩走來，「正好路過這兒，一起去吃飯！」

夢男微微一笑，跟著陳伯生上了車。

「寒假回家嗎？」開車的陳伯生突然問。

「哦，我……」夢男面對突如其來的問題一時之間也不知道該怎麼回答。陳伯生看出夢男尷尬，趕緊轉移話題。

「我們……結婚吧？」一直沉默的夢男突然開口。

陳伯生一腳急刹，將車停在路邊，驚訝的臉上洋溢著興奮，看著夢男激動地再次確認：「你……你剛才說……我們結婚？真的嗎？」

夢男笑著說：「嗯，真的。」

寒冷的冬天並沒有放慢它來臨的腳步，光禿禿的樹枝為這毫無生氣的季節添上了幾筆蕭瑟，而今年的冬天仿佛註定有不一般的溫度——夢男帶陳伯生回家。

「爸，媽，這是陳伯生，我們打算結婚。」

「小陳是做什麼工作的？」沉默了一會兒，夢男的母親冷漠地問陳伯生。

「哦，接手父親的公司，做些小生意。」陳伯生笑著回答。

「來，快過來坐，站著幹什麼，」夢男的母親看了看陳伯生，突然喜笑顏開地招呼。

屋裡的氣氛莫名地變得活躍起來，夢男父母緊皺起的眉頭舒展開來，同陳伯生談笑風生，其樂融融。

「打算怎麼辦婚禮呢？」夢男的父親笑著問。

「婚禮就不辦了吧……」還沒等夢男說完，夢男的父親黑著臉氣沖沖地喊：「什麼？不辦？像什麼話？鄰里鄰外誰家結婚沒辦婚禮？說出去讓別人笑話，你丟得起人，我丟不起！」

「怎麼就丟人了……」氣憤的夢男話還沒說完就被陳伯生拉了過去。

屋裡再次靜下來了，夢男的母親坐在一邊垂著腦袋，默不作聲。

「不辦也行，彩禮總得有吧，我們總不能白養你……」沉默了很久，夢男的父親再次開口。

「那必須，二位老人說個數，你們將夢男培養得這麼優秀肯定花了不少精力。」陳伯生依舊笑著回答。

「行，還有，明天請親朋好友一起吃個飯，也算是正式告訴大家你們的事了。」夢男的父親繼續說。

「我結婚跟他們有什麼關係？你就是想……」陳伯生再次將夢男拉回身邊不讓她繼續說下去，並且連連點頭說：「好，岳父開心就好，咱找最好的酒樓，熱鬧熱鬧……」

夢男的父親一聽，滿心歡喜，開懷大笑。

就這樣，這個不尋常的冬季隨著無數次的吵鬧終於消逝在了春姑娘綠色的新裝下，夢男和陳伯生也回到了城裡，一切都各歸各位。

這天，陰雨濛濛，密佈的烏雲彷彿要砸下來，陳伯生像往常一樣來接夢男下班，夢男開心地把這天在學校裡發生的趣事一一講給陳伯生聽，坐在一旁的陳伯生一言不發，陰暗的臉色彷彿窗外的烏雲，夢男看出陳伯生心情沉重，便不再出聲。

時間彷彿過去了一個世界。

陳伯生苦澀地說：「我……公司……破產了……」

夢男看了看焦慮不安的陳伯生，沉默了一會兒，輕聲說：「我們結婚吧！」

夢男的回答出乎意料，陳伯生將車停在路邊，一把抱住她，淚水盈眶而出，「可是彩禮……」陳伯生突然想起。

「我會說服他們，彩禮以後再補，放心吧。」夢男安撫道。

雨珠劃過車窗，淅淅瀝瀝的雨水聲在玻璃上譜寫出動人的旋律，陳伯生默不作聲，只是緊緊地將夢男摟在懷裡，久久不願鬆手。

在夢男的鼓勵和支持下，僅一年多，陳伯生的公司再次崛起，夢男也開心地準備當媽媽了，「夢男，快把這湯喝了，補一補，我特意為你熬的。」陳母端來雞湯，熱情洋溢地說。

「想吃什麼就說，讓你媽給你做。」站在一旁的陳父笑呵呵地對夢男說。

整個大家庭都沉浸在一片祥和美滿的氣氛中。

秋高氣爽的一天，這顆大家期待已久的小生命終於降臨了。夢男用僅剩的力氣接過孩子，滿足地微笑。然而，陳伯生的父母看上去似乎沒有想像中那麼興奮，勉強的笑容中透著一些失望。

「我的大胖孫子泡湯了，」陳母埋怨道。

「女孩也好，都是咱們陳家的孩子，夢男還年輕，以後再要一個嘛！」陳父安撫道。

「她那個長相就生不出大胖小子。」

「你別胡攪蠻纏了，小點聲，一會兒吵醒夢男了。」

「本來就是嘛，當初結婚的時候我就說……」

「媽，」陳伯生打斷陳母的話，「我去看看夢男。」

皎潔的月光灑進房間，夢男躺在床上輕輕地摟著孩子，惆悵的陳伯生緩緩走進房間看了看夢男，坐在角落的沙發上，沉默不語。過了一會兒，他去了陽台，輕輕拉上了門，點燃了一支香煙……夢男看著陳伯生的背影，心中失望，落寞，她偷偷抹去眼淚，看向身邊的孩子輕聲說：「我愛你。」

「爸，媽，吃飯了，」幾天後，夢男一如既往，穿梭在廚房與客廳之間，一邊忙碌地擺放碗筷，一邊喊。

「你老公呢？怎麼還沒回來？」陳母面無表情地問。

「好像說要加班，晚點回來。」夢男回答。

「你怎麼當妻子的，什麼叫好像，你怎麼照顧你老公的？」陳母十分不滿地說。

「別說了，先吃飯……」陳父喊道。

夜深人靜，夢男一邊照看孩子，一邊盯著電話。夢男給陳伯生打了無數個電話，陳伯生總是說公司很忙，要加班，等空下來再回撥給夢男。

「咚咚咚，」輕輕的敲門聲打斷了發呆的夢男，開門一看，是陳父。

「伯生還沒回來嗎？」陳父站在門口問。

情緒低落的夢男搖了搖頭，陳父嘆了口氣轉身離開了。

漫長的一夜終於結束了，充滿活力的清晨在鳥兒歡快的歌聲中悄然而至。

「夢男，家裡沒菜了。」一大早就傳來陳母的喊聲。

「哦，我現在去買。」夢男說完便回屋換衣服準備出門。

「你幹什麼？兒媳婦剛生完孩子，身體還沒完全恢復，你別什麼都讓她做。」陳父對陳母說。

「幹什麼？生個孩子就不用幹活了？她要有本事就生個帶把的，我天天伺候她！」陳母故意扯著嗓子說。

「你小聲點！」陳父勸道。

「爸，媽，我去買菜了。」夢男從裡屋出來，說。

夢男從市場出來，兩手拎著大大小小的口袋，邁著大步走在公園旁的人行道上。公園裡金燦燦的樹葉在秋意盎然的晨風中翩翩起舞，打著旋兒飄向遠方。偶爾身邊路過一些晨跑的人，錯綜交織的柏油公路上，車輛川流不息，隨著紅綠燈的節奏停停走走，夢男無意間向旁邊望了一眼，然後停下了腳步，滾燙的淚水悄然落下——透過車窗，一個年輕的女人倚在男人肩上，嬌羞的臉上掛滿了笑容，直到綠燈變亮，他們的身影才漸漸消失在夢男的視角，這個男人不是別人，正是陳伯生。

夢男淚如雨下，手中的袋子不知不覺掉到地上，蔬菜散落一地，水果也爭先恐後地順著小路滾向下方。這一幕讓夢男不禁想起兩年前陰雨綿綿的那天，她邁著輕盈的步子走進銀行……

「請問您要辦理什麼業務？」

「匯款。」

「請問匯款人的姓名寫什麼？」

「陳伯生。」

「大姐？大姐？」突如其來的喊聲驚醒了呆滯的夢男，「大姐，這是你的水果吧，掉了一地，我幫你撿回來了。」一位晨跑的小夥一邊幫忙裝水果一邊對夢男說。低落的夢男什麼也沒說，拎著袋子機械地往前走。

晚上，大家正在吃晚飯，陳伯生回來了。飯桌上異常安靜，沒人說話，大家只是低著頭，夾著菜，緩解尷尬的氣氛。

「夢男，去給你老公盛飯。」陳母的喊聲打破了原有的安靜。

「不用，我吃過了。」陳伯生急忙說。

「我們……離婚吧。」夢男沉默了許久用充滿苦澀的聲音說。

一旁的陳伯生略顯驚訝，他看向夢男，但閉口不言。

「那就離吧，先說好，我們沒錢給你，你怎麼來的就怎麼走。」陳母在一邊不屑地說。

「我只要孩子。」夢男說。

「那不行，孩子是陳家的，憑什麼給你。彩禮錢沒讓你退回來就不錯了，你還想帶走孩子，門都沒有……」陳母不依不饒地喊。

此後，夢男搬進一家小旅館，用所剩無幾的積蓄苦苦支撐荊棘叢生的生活，夢男之前的工作也因為耽擱太久換了新人。

日益消瘦的夢男整天東奔西跑，詢問各種律師事務所是否可以幫她要回孩子。這天一大早，夢男又來到了一家律師事務所。

「請問有什麼可以幫您的嗎？」

「我……我想找一位律師。」

「這是報價單，您可以看一看。」

夢男看著單子上的數字，內心苦澀，卻不知如何開口。

「姐？你怎麼在這兒？」何雲弟來上班，看見夢男驚喜地喊。

夢男紅腫的雙眼望向何雲弟，「你是？」

「姐，你不記得我了？在公園，水果？」

「哦，是你啊，上次謝謝你幫忙。」

「不客氣，姐，有什麼事進屋慢慢說，看我能不能幫上忙。」

夢男將情況詳細地解釋給何雲弟，何雲弟一口應允了：「姐，我只是一名小律師，如果你相信我，我一定盡全力幫你。」

夢男激動地連連道謝，過了不久，夢男突然沉靜下來，吞吞吐吐地小聲說：「我……我……那個費用……？」

「你不用擔心錢，以後慢慢給。」何雲弟看出夢男的難處，打斷說。

夢男熱淚盈眶，感謝之情溢於言表。回小旅館的路上，夢男心中萬分感慨，對這場官司既期待又害怕。

法官：「本院宣判，鑒於母方許夢男經濟條件欠佳，其女陳妞的撫養權歸屬父方陳伯生……」

「我不同意！」許夢男淚流滿面，在絕望來臨之際懷著悲哀的心情再次聲嘶力竭地喊道，「不……我不要她像我一樣在痛苦中煎熬一輩子，連最親的人、最簡單的愛都變成一種奢求……」已泣不成聲的夢男繼續用沙啞的聲音說：「女人的婚姻是一場賭博，賭注是她本可以擁有的輝煌前程，是她的青春，是她寄予丈夫所有的信任……可她得到了什麼?冷眼嘲諷，背叛，拋棄……如果連國家都放棄她的話，她還可以做什麼?」

夢男淚流滿面，沉痛地喊：「我只要孩子……求你們……我只要孩子，我愛她……」

生活如一望無際的大海，深處藏著黑暗、未知和不斷起伏的波瀾，但同樣也擁有天空的湛藍——清澈、明朗。夢男懷著忐忑的心情等待……

「這是你的孩子，好好撫養她，」過了幾天，一個英姿颯爽的男人將孩子抱給夢男，溫和地說。

夢男接過孩子，淚水傾巢而出，她緊緊地抱著孩子，掛著笑容的嘴朝孩子的額頭吻了又吻：「我愛你……」

男人看著夢男補充道：「國家不會放棄任何一位她的子民。」他行了一個醒目的軍禮，然後離開了。

夢男看著他雄偉的身影，默默低語：「謝謝……」

「你之後有什麼打算？」何雲弟關切地問沉浸在感慨裡的夢男。

「我做飯還行，我可以開一家飯店……」夢男回過神說，然後又憐愛地看向孩子。

「我們公司附近有門面房出租，地處鬧市，我可以幫你問問……」何雲弟對夢男說。

「謝謝……」夢男頗有感觸地說，淚水再次落了下來。

時間飛逝，轉眼又是一年春，明媚的陽光灑向大街小巷，溫暖了每一個孤寂的角落，在何雲弟的幫助下，許夢男的小飯館很快就走上正軌，這幾年生意一直不錯，她自己做老闆、當廚師，晚上輔導甜甜學習，日子過得很充實。甜甜是許夢男的女兒，一晃眼的功夫已經三歲了。何雲弟常來照顧她的生意，還帶著甜甜出去玩。

「媽媽，」甜甜滿臉笑容，蹦蹦跳跳地朝夢男跑來。

夢男趕緊從廚房出來，接住跑來的甜甜，一把擁入懷裡，不停地親她紅彤彤的小臉蛋：「今天玩得開心嗎？有沒有聽叔叔的話？」

「開心，媽媽下次和我們一起去好不好？甜甜想媽媽。」懷裡的甜甜奶聲奶氣地說。

「週末一起帶甜甜去遊樂園玩兒吧，」何雲弟從門外進來熱情地對夢男說。

「好呀，好呀，媽媽一起去好不好？」甜甜掙開媽媽的懷抱，開心地手舞足蹈起來。

「總是麻煩你，我……」夢男不好意思地說。

「不麻煩，甜甜這麼可愛，我也喜歡，再說我上下班都順路。」

「你幫我們的已經太多了，我真的……」

「如果不是你的信任，我依然是一名不為人知的小律師，是你幫了我。」何雲弟打斷夢男說。

夢男仰起頭，眨了眨眼睛，忍住即將流下的眼淚，用哽咽的聲音說：「好，週末帶我的小公主去玩。」

甜甜一聽開心地一直拍手叫好。

「你坐，我去給你炒兩菜。」夢男對何雲弟說。

轉眼已經晚上了，何雲弟吃完飯陪甜甜玩了一會兒就離開了，夢男也收拾桌椅準備關門了。

夢男鎖好門，抱著甜甜來到二樓的房間，這裡就是她們住的地方，房間不大，一眼望到頭，一張大床乾淨整潔，旁邊緊挨著一張小床，粉紅色的帳簾一直垂到地板，牆角放著一張大圓桌，上面擺滿了兒童故事書，旁邊立著畫板，牆上掛滿了五顏六色的畫……

「甜甜，你今天是不是調皮了？你看，褲子上全是油湯印。」

「對不起，媽媽。」甜甜怯怯地說。

「變成髒褲子了怎麼辦？」夢男一把抱住甜甜溫柔地說。「我們一起想辦法好不好？」

「我們給它畫朵花好不好？」眉頭舒展的甜甜笑著說。

「好主意，甜甜怎麼這麼聰明。」夢男一邊親她，一邊稱讚。「那我們一起畫，你教我好不好？」

「好呀。」甜甜開心地回答。

夢男給甜甜換下褲子，兩人一起坐在圓桌前，開始打扮甜甜的褲子，認認真真地畫上每一筆。

「媽媽？」

「怎麼了？」

「我愛你。」

夢男揚起頭，眨了眨濕潤的眼睛，捋了捋臉前的頭髮，溫和地說：

「媽媽也愛你！」

「可是我很愛你！」

「媽媽很很很很很愛你！」

「我很很很很很很很很……愛你！」

晴朗的夜空高高掛起，偶爾，幾絲薄霧飄過，繁星閃爍著耀眼的光芒，忙碌的一天在無數個「我愛你」的回聲中落下了帷幕。很快便迎來了甜甜期待已久的週末。這天，一大早，何雲弟的車就停在門外等了，甜甜烏黑的秀髮整齊地散落至肩，戴著紅色的蝴蝶結髮卡，穿著一身粉色連衣裙，拉著媽媽的手朝何雲弟走去。何雲弟從車裡出來，一把將甜甜抱起，坐在肩上：「甜甜小公主準備好了嗎？我們要去玩兒了。」

汽車平穩地行駛在寬闊平坦的大道上，隨著歡歌笑語來到了遊樂園。

下車後，一座拔地而起的摩天輪耀眼奪目，伴著孩子們的歡呼聲在湖面的上空劃出亮麗的弧線。海盜船、過山車、旋轉木馬、碰碰車……應接不暇，遊樂園裡人山人海，孩子們欣喜若狂地嘗試每一項娛樂設施。夢男停下腳步，滿懷嚮往地四處打量。

「姐，怎麼了？」

「沒事，我……我第一次來遊樂園……」夢男略帶羞澀，笑著說。

何雲弟微笑著看了看夢男，突然扯著嗓子說：「甜甜，叔叔和媽媽以後常帶你來玩兒好嗎？」

「好呀，好呀……」心奮不已的甜甜激動地喊。

喧鬧的公園裡一副熟悉又陌生的畫面：左邊一個偉岸的男人，右邊一個溫婉的女人，而中間，一個可愛的孩子挽著他們的手臂，雙腳離地，像蕩秋千一樣滑著往前走。「夢男！」一個熟悉的聲音打破了這甜美又溫馨的一幕，何雲弟見是陳伯生，便帶著甜甜去不遠處的商店了：「甜甜，叔叔帶你買霜淇淋好不好？媽媽一會兒過來找我們。」「好。」甜甜美美地答應，一蹦一跳地拉著何雲弟的手朝商店去了。陳伯生邁著沉重的步伐來到夢男跟前，沉默了許久：「對不起……」陳伯生沙啞的嗓音中滿是苦澀，伸出的想要牽住夢男的手又悄悄地收了回去。「我……我還可以愛你們嗎？」

「……你的愛……太晚了。」夢男眼眶裡的淚水溢了出來，用低沉的聲音說。

黃昏，晚霞映紅了半邊天，公園裡充斥著歡聲笑語，夢男轉身離開，朝著甜甜和何雲弟走去。陳伯生靜靜地站在原地，看著夢男的身影逐漸融入和煦的陽光。

「我愛你！」陳伯生低語，兩行清淚悄然落下，劃過他滄桑的臉。

小鎮故事

凜冽的寒風用它冰冷的雙手無情地拍打這座小鎮，斜風細雨裹著零星雪花揮灑而下。縱目遠望，小鎮僻靜的一角人頭攢動。他們正忙著為一座古色古香的庭院張燈結綵，整條小巷鑼鼓喧天，打破了嚴冬的蕭瑟。這座矗立於小巷深處的大宅庭院就是徐家，今天，徐家的傻兒子娶親，一夕間這事成了這個小鎮街頭巷尾，老弱婦孺們孜孜不倦地傳誦的笑話……

徐家是這個小鎮上少有的大戶，能嫁進徐家可謂坐享榮華，含著金鑰匙過下半輩子，可惜徐家小兒子徐哲天生瘋癲，這件事在小鎮家喻戶曉，徐家二老為此一直焦慮不安，好不容易來了一個外地女人，自然要緊緊抓住。

女人一襲紅裝，雍容華貴，拖地紗裙輕輕地劃過古樸的青石小路，金絲勾勒的花紋將女人曼妙的身姿彰顯得淋漓盡致，鮮紅的蓋頭在瑟瑟的冷風中飄揚飛舞，從邊緣處，可以看見她白嫩的臉，院裡院外人山人海，在眾人的「攙扶」下，女人邁進了徐家大門。遠遠看去，這片耀眼的紅色似火海，照亮了整條巷子，然而，小鎮依舊彌漫著濃濃的寒意。

女人是知識青年，年輕的臉上充滿活力，她渴望自由，崇尚無價的愛情，奈何卻逃不過悲慘命運的擺弄。她與陳生相識三年了，他們一起在綠茵河畔傾聽溪水潺潺，一起在槐花樹下暢談理想抱負，在夕陽的餘暉下傾吐各自的誓言……純潔的愛情沒有得到老人的祝福。女人的父母不看好這段感情，他們不喜歡濃郁的書香味，他們在乎那些看得見和摸得著的東西。在森嚴、禁錮、迂腐的壓迫下，陳生沒有放棄……他開始奔波，在理想與現實的邊緣尋找平衡，臨走之際他將一枚玉指環交給了女人。

「等我……」陳生的目光飽含苦澀，不捨地從女人的臉上挪開。

日復一日，年復一年，女人每天都殷切地望向進城的路口，眼中不只一次浮現他離開時的背影，傷懷、不捨、期盼不禁再次湧上心頭，而呈現在眼前的只有萬般無奈。不知不覺兩年過去了，城裡同齡的女人已嫁人生子，於是，她成了那些飽食終日者閑言冷語的目標，成了這座小城裡迂腐之人所謂的最大笑柄。她從不理會旁人說什麼，一直堅守心中的信念，但女人的父母不以為然，他們不堪忍受別人的竊竊私語，這些對他們來說是一種嘲笑，他們瞞著女人四處尋覓，想把她嫁出去。

烏雲密佈，天空彷佛要塌下來一樣，附近鎮上的小商販來這兒倒賣貨物，正好聽說這事，利益驅使下便招來了徐家。徐家小兒子在小商販的嘴裡成了眾人爭搶的青年才俊，不日，徐家的聘禮就送到了女人家，大大小小的箱子被緊緊地捆在馬車上，浩浩蕩蕩的車隊穿過大街，停在女人家門前，一路上引來無數目光，大家紛紛議論，很快就猜到所為何事。大家都滿懷羨慕地向女人的父母道賀。兩位老人喜笑顏開，連連向祝賀的眾人點頭回應。在悲痛與無奈中，帶著眾人的羨慕與誇讚，女人踏上了一條未知路……

大喜之日，女人看上去沒有絲毫歡喜，紅潤的臉上充滿了憂鬱，她靜靜地坐在床邊，等待即將揭曉的命運。

「也許……也許我該堅強一點兒？」女人心裡默默想。「如果我勇敢一些……或許……我該為自己……不，我無能為力……」

「吱，」開門聲提醒女人她已經向現實妥協，接著傳來若有若無的腳步聲，女人不禁攥緊拳頭，腳步聲越近，女人越慌。

「哈哈，新娘子，你就是新娘子！」徐哲猛地掀開女人的紅蓋頭，女人驚得一哆嗦，緩緩抬起頭，徐哲一臉陰沉的笑容，讓她不由自主地心生畏懼。

「啪！」不等女人說什麼，一記響亮的耳光就打在了她白皙的臉蛋上，接著徐哲按倒女人，一通胡亂撕扯，她稍有反抗便會換來更為殘酷和無情地毆打，她在絕望中掙扎，拼盡全力，同他扭扯、廝打，發瘋似的順手拿起桌邊的東西就砸，屋內的響聲驚動了院裡的人，他們紛紛跑來，一場鬧劇終於落下了帷幕，伴隨而來的是徐家二老對她的指責和唾罵。女人衝出房間，發現小院的門已上了鎖，滿腹委屈不知如何訴說，又能向誰訴說？

深夜已至，濛濛細雨夾著雪花飄落而下，女人看向窗外，仿佛看到小橋上，她與陳生牽手而過，看到青石台階上，陳生為她戴上路邊採擷的小黃花，那是最美的一朵……女人眼眶濕潤了，落下滾燙的淚珠，她拿出玉指環，緊緊地握在手裡。雪花晶瑩透亮，卻無論如何也堆積不起來，終究還是隨著雨水墮入溝壑……

女人也算是徐家少奶奶，卻同下人一般，每天打掃庭院，洗衣做飯，幹粗重的活。不過，對她來說，更可怕的是面對徐哲。

嫁進徐家半月有餘，女人清瘦的臉上滿是憂愁，全身上下一塊青一塊紫，新傷舊患多不勝數，昔日的風采已消失殆盡，剩下的只有滄桑。這天，她靜靜地倚坐在窗前，拿出玉指環，仔細端詳，陷入無限回想……突然，走廊上傳來腳步聲，女人驚慌起身，在房間裡四處張望，最後目光停留在一個精美的小匣子上，她匆忙打開，將玉指環包在盒子內一張寫滿字的紙裡。

徐哲一身酒氣，他推門而入不懷好意地朝女人走來，不由分說，上來就是一巴掌，他在女人身上肆意地發洩，撕扯，啃咬，抽打，女人實在受不住了，掙扎的同時吃力地拿起手邊的花瓶狠狠砸下去，徐哲陰陽怪氣的嬉笑聲漸漸沉下來，然後完全消失，繼而像孩子一樣哭鬧，喊疼。女人趁徐哲不注意，連忙起身，慌張地拿起小匣子裡的玉指環，奪門而出。徐家二老聞聲趕來，見徐哲臉邊掛著鮮血，坐在地上哭嚷。徐母連忙扶起兒子，擁入懷中不停寬慰，徐哲的父親氣急敗壞，帶著所有家僕手持棍棒匆匆趕出門四處追尋。

深冬的夜晚漆黑一片，無情的冷風拍打著女人滿是瘀傷的臉，女人根本來不及辨認身處何地，情急之下只能拼盡全力，朝著一個方向一直跑。對她來說，一個僥倖從地獄逃生的人，邁出的每一步、前進的每一寸土地都是希望，是對生命的渴求，她竭盡全力往前跑，不去考慮路邊荊棘劃過身體的刺痛，也無暇顧及赤腳踩在坡地上的痛苦，她只是拼命地朝前跑，一直跑，衝向黎明。

徐家的人四處分散開，打著燈籠到處追尋，像野獸，咆哮而至，女人慌張、恐懼，但她來不及流淚，來不及喘息，也來不及抱怨，她頭也不回地、無盡地向前跑，朝著僅有的一絲曙光……終於，她精疲力盡，眼前的昏暗逐漸變成一條細縫，接著——再次一片黑暗。倒下的剎那，她感到無盡的深淵正在召喚她。

女人漸漸蘇醒，眼前坐著一個中年男人：他蓬頭垢面，穿著打滿補丁的大棉襖，一雙幾乎快要被磨破的棉布鞋，鬍子拉碴的臉上還掛著沒洗掉的柴火灰……

「你……你醒了？」中年男人試著問，「我打柴時發現了你，見你滿身傷，就把你帶回來了，你是誰？住哪兒？我把你送回去。」

「我……我……我是誰？」女人沉默了許久，然後自言自語，「你……別過來，別碰我……」女人幾乎瘋狂地嘶喊。男人伸手扶她，才剛剛碰到就被她歇斯底里地推開，女人驚恐的眼神直勾勾地盯著他，一旦他有什麼動作，女人就立刻變得謹慎起來。

這間土屋是村夫老宋的，屋內一張方桌，幾條長凳，屋角堆放著一些雜物，屋外坐落著一個小院，被簡陋的籬笆圍了起來，邊緣有一塊菜園，小菜苗生機勃勃地立在嚴寒中，旁邊就是廚房了，這個小村在鎮外，因為山路難走，很少有人來，村裡人煙稀薄，充斥著原始的自然氣息。

「餓了吧，」男人端來一碗稀粥。女人盯著他，不作聲，男人把碗筷放在女人手邊，轉身慢慢離開，站在門外看著她。「吃吧，我站這兒。」

女人戰戰兢兢地端起碗，再三確定男人跨出了門檻，然後狼吞虎嚥地吃完了粥。

老宋一介村夫，也只是打打柴，在鎮上做點零工糊口過日，大夫自然請不起，他給女人用了些山上採的藥草，其他的只能聽天由命。

晚上，老宋讓女人睡床，自己裹著髒兮兮的大棉襖蜷縮在角落裡，寒冬的夜晚，瑟瑟冷風呼嘯而過，籠罩著整片山林。

很快小村子裡為數不多的幾戶都得曉來了新人，爭先恐後地跑來老宋家，女人雖然遍體鱗傷，頭髮雜亂無序，衣服也被刮得破爛不堪，但俊秀的臉蛋依然可見，只是多了些蒼老與惆悵，女人見這麼多人，驚恐得坐立不安，「沒事，別怕。」老宋連忙安撫，並向鄰里解釋：「她摔傷了，情緒比較激動。」老宋好說歹說才打發大家散了去。

朝夕相處，女人逐漸感受到老宋的關懷和溫暖，她知道，老宋不會傷害她，她漸漸對老宋有了一份信任，而其他幾戶也慢慢將她認作村裡的人，還開玩笑說她是老宋新娶的媳婦。老宋莽漢一個，從不敢想娶媳婦的事，更何況還是這麼俊俏……倘若真的，那也是美事一樁，所以聽到大家這麼說都滿心歡喜。老宋對女人沒有半分越軌行為，他一直精心照顧女人，為她梳洗頭髮，替換衣服，可以說無微不至，他覺著很幸福。

徐家的人連著尋了好幾天，終無所獲，有人說女人摔下山崖，只怕早就被野狼給叼走了，於是這事漸漸平息了下來。某夜，徐家二老去看望兒子時，無意間發現小木匣裡的紙不見了，二老驚慌不已，「這可是陸家押給我們的房契啊，如今沒了可怎麼辦，」徐哲的母親慌張地說。這座宅子本不屬徐家，原主人姓陸，多年前因一樁生意糾紛，將宅子抵給了徐家，這才成了徐家大院，鎮上早有傳言說徐家這宅子來得不正，但怯於徐家勢力，大家也不敢多作議論。如今這抵押的房契沒了，二老怕是要心驚膽戰地過日子了。

老宋一如既往地對女人悉心照料，這天，老宋去河邊洗換下的衣服，無意間在衣服的夾層發現了一個紙包，打開一看是一枚玉指環，玲瓏剔透，紙上密密麻麻的字。男人不識字，但想來很重要，於是連忙跑回去拿給女人看，心想或許能讓她記起些什麼，女人癡癡地看著玉指環和寫滿字的紙，毫無反應。於是老宋還像原來一樣將它包好放進床頭的箱子裡。「哎，想不起來也好。」老宋低聲自語，一臉關切地看著女人。

女人的到來讓老宋充滿生活的動力，他真當女人是自己的媳婦了，他比以前更加努力，常常挑一些山貨去鎮上賣，換回一些補貼，日子過得也算將就。

這天，女人臉色蒼白，嘔吐不止，老宋嚇壞了，趕緊去鎮上請來大夫。

「恭喜你，夫人有喜了。」大夫向老宋道賀。很快消息就傳遍了鄰里，這是小村一貫的特色，畢竟，總有那麼幾位老婦人一天到晚無所事事。於是大家紛紛前來道賀，老宋也欣然接受，晚上，老宋充滿呵護的眼神一直看向女人，沉默不語，過了許久，他緩緩拉起女人的手微笑著輕聲說：「……這是我們的孩子，我們一起照顧他。」女人不明白男人在說什麼，呆呆地望著他傻笑。

此後，老宋盡最大努力給女人最周全的呵護，奈何，現實總是好不憐憫地蹂躪著這個手無縛雞之力的柔弱女人。深秋，寒霜露重，被凍結的樹葉在崎嶇的山路上隨風飄舞，發出沙沙的聲音。一名女嬰誕生了，而女人……被寒冷的秋風帶向了遠方，是鋪滿鮮花的青石小巷還是潺潺流水的溪邊？或者，是夕陽餘暉下、見證浪漫一吻的花田？女人被埋在這片土地上，寒冬呼嘯而至，片片雪花飛舞起來，皚皚白雪何時才能鋪滿大地……

又一年春，清晨，太陽冉冉升起，懶洋洋的陽光將整座小城攬入懷抱，平靜，祥和。「咚咚咚，」急促的敲門聲打破了這片寧靜，陳生回來了，他馬不停蹄地跑到女人家，滿懷欣喜地敲響了他的幸福之門。門開了，迎面走來的是女人的父母，「你來做什麼？若君早就嫁人了。」女人的父親說。「還是一家大戶呢，光聘禮就是幾大車。」女人的母親補充道。陳生赤熱的心瞬間被冰封了，「啪，」二老毫不客氣地甩上了門。

陳生獨自一人站在門外，波瀾起伏的心情久久不能平靜，也許是半個時辰，也許是半天，他自己也忘記了是多久。等他逐漸緩過神才發現，房子的外牆砌上了青磚，外圍的牆也足足拉高了好幾尺，門前擺著兩座威武的石獅，趾高氣揚地看向遠方。陳生心如刀割，他垂頭喪氣地徘徊在小城的青石小巷裡，燦爛的陽光下一個落寞的背影漸漸變得模糊不清。

幾日後，失落的陳生決定離開這座傷心的小城，「不，至少我要看看她過得好不好。」他突然萌生這樣一個念頭。於是，他四處奔走，打探女人的下落，很多天過去了，一無所獲，她好像從世間消失了一樣，沒人知道她的行蹤，事實上，她確實消失了，不是嗎？幾經輾轉，他來到一座小鎮，盤下一家鋪子，改為小客棧，客棧魚龍混雜，來自四面八方的商客川流不息，做此打算也是為了抓住一線希望，打探女人的消息。臨街，青石小路的盡頭屹立著一座森嚴的大宅，正是徐家大院。

歲月蹉跎，轉眼，老宋已到了垂暮之年，而女人的孩子已亭亭玉立，悲慘的命運擺弄著女人的一生，而她的孩子也未能倖免——雖沒有母親那般神智不清，卻也是迷迷糊糊，因此，鄰里的人都喚她「傻妞」。

徐家自那之後也沒再能為兒子娶到媳婦，徐哲依舊無所事事，渾渾噩噩地過日子，兩位老人一直因為地契的事情擔驚受怕，終日惶恐不安。

傻妞與父親老宋相依為命，偶爾也會幫父親分擔一些家務。這天，家裡沒鹽了，老宋讓傻妞去鎮上換些來，臨走前再三叮囑，一路目送，直到她的背影消失在山路的盡頭。傻妞很順利的換到了鹽，鹽鋪老闆心生憐憫，送她一塊糖，傻妞樂呵呵的拿著糖離開鹽鋪，一出門就與前來買鹽的陳生撞了個滿懷，陳生連忙扶起傻妞，親切地問她是否傷了哪裡，男人抬起頭看向女孩，這一看，眼睛濕潤了，站在眼前的女孩雖一身襤褸破布，可那神情、面貌與若君七分相似，「是她，」陳生想，「我找了半輩子的人……」陳生回過神來，欣喜若狂地拉著傻妞，激動地話都說不出來，他看了一眼傻妞的脖頸，一根粗布條緊緊地拴著一枚玉指環，陳生一眼就認出，那是他留給若君的玉指環。傻妞成人那天，宋老把指環當作信物給她戴上，那張包裹玉指環的紙像護身符一樣被放在她衣衫的內層。「是她，是我的若君！」陳生的淚水奪眶而出，傻妞驚恐萬分，一把推開陳生，倉皇地撿起地上的糖緊緊揣在懷裡，朝著鎮外的方向一路小跑，不時回頭，一雙水靈靈的大眼睛盯向他，陳生遠遠跟在身後，擔心傻妞因驚慌摔跤，便沒有大步邁進。

蜿蜒曲折的小路在叢山峻嶺中延伸開，一望無盡，懸崖峭壁緊緊地鑲嵌在泥路的一旁，走了許久，遠處隱約可見幾座零散的屋舍。又走了幾步，路口一位灰髮老人拄著一根歪歪扭扭的木棍，伸直脖子不斷朝這個方向張望。傻妞搓著小步跑向那位老人，老人掛滿憂慮的臉上立刻露出溫暖。老人的餘光掃到了這個中年男人，陳生大步邁向老人，傻妞鑽到父親身後，露出半個腦袋，好奇地看著他，這個小村偏遠僻靜，很少有人來，眼前中年男人對傻妞關懷的眼神讓老人猜到了幾分緣由。「進屋喝杯水吧，」老人說。

陳生跟著老人進了屋，兩人坐下，默不作聲，半晌後，老人悲痛地說：「我帶你去個地方。」兩人穿過叢林，來到一座墳前，墓碑上沒有字。

「我……我不知道她叫什麼，」老人滿懷苦澀地低語，「她是傻妞的母親……生下傻妞就走了。」老人沉默了許久接著說：「我在山崖下發現了她，那時她滿身傷痕，我帶回她時，她已經癡癡傻傻的了，不停地喊『別過來』，想必吃了不少苦。」

「後來呢？那傻妞……」陳生用嘶啞的聲音問。

「過了一段時間才知道她已經有了身孕，」老人哽咽著說。「就是傻妞……」

陳生泣不成聲，他跪在女人墳前，輕輕撫摸冰冷的墓碑，心中無限悔恨，傍晚，略帶寒意的秋風呼嘯而過，枯黃的樹葉夾著濛濛細雨飄落而下，落在這片土地上，灑在女人無字的墓碑上……

至此以後，陳生一直照顧傻妞和老人，他時常看望他們，也會領著傻妞去鎮上小住，每次都帶很多乾果、糕點給他們，耐心地教傻妞認字，陪她玩耍，傻妞也越來越親近陳生，一見他就格外高興，老父親意味深長地看著他們，眼神充滿欣慰。

春天來了，整個鎮子生機盎然，小村所在的地方美不可言，泥土小路散發出淡淡芬芳，兩邊的野花五彩斑斕，翠綠的山間溪水潺潺，和煦的陽光透過簇擁的樹葉，沿著縫隙射向大地，鳥兒揮舞翅膀，嘰嘰喳喳地穿梭於眼前的桃紅柳綠。陳生跟往常一樣，帶著大包小包的東西來看傻妞父女，傻妞一見陳生，開心地迎上去，拉著陳生的手滿心歡喜。不一會兒，廚房裡嫋嫋炊煙，一片歡聲笑語。吃過午飯，陳生與老父親閒聊了會兒，眼看就要黃昏了，陳生帶傻妞回鎮上小住，路上，傻妞突然跑去路邊的草叢解手，她拿出衣服內層的紙，擦完屁股順手一丟，提起褲子跑向陳生。

蒼翠欲滴的山間輕霧繚繞，陳生滿眼關懷，他貼心地為傻妞綁好腰帶，抻了抻她身上皺起的衣角，捋了捋擋在她眼前的髮絲，傻妞笑嘻嘻地看著陳生，水靈的眼睛眯成一條長長的細縫，如璀璨星空裡的彎月，純潔、恬靜。她摟著陳生的胳膊一蹦一跳地朝前走，夕陽餘暉下，兩個身影漸行漸遠……恍若二十年前……

紅顏令

烈日當空，一支浩蕩的軍隊急速行進。隊伍最前方，三匹雄壯的戰馬並列而行，被漫天黃沙浸潤的混色下，依然可以看見三個筆挺的身影。他們穿著鎧甲，英武有神，身後的披風隨風飄揚。走在最中間的名喚樊洪英，是這支出征隊伍的主帥，左側副將陳明，右側軍醫許傅。隊伍中間，四匹戰馬並駕齊驅，套在脖子上的轠繩一直延伸到幾米開外的車沿。馬車頂端是圓形的鑲花木，四周也是用雕刻著精美圖案的上等木材搭建起來的屏障，兩側各留一個小窗，輕盈的紗幔沿著頂部圓木的邊緣一直垂至車輪。從車窗往裡瞧，可以看見一張洋溢著無限自豪的面孔，油膩且不屑。他是這支隊伍的副帥宋敖。

「停！」宋敖衝身邊的下人喊了一嗓子，下人連忙高喊讓隊伍停下。洪英轉身，不情願地輕拍了幾下戰馬的肚腩，馬兒拖著慵懶的小步來到宋敖身前。

「本帥累了，你下令休息一會再走！」

洪英看了看馬車，清寒的目光盯著宋敖不放。

「雖是馬車，那也是一路顛簸！」宋敖立刻扯著嗓子說。「顛壞了我，看你怎麼向我爹交代！」

「停！原地休息！」洪英無奈地下令。轉身回到隊伍前方。

「邊關戰事吃緊，如此耽擱，只怕……」副將陳明憂心忡忡地說。

洪英自然知道這些道理，他看著遠處的宋敖，嘆息不已。

「罷了，我去看看附近的地形。」陳明對洪英說。

「萬事小心，不要走太遠。」洪英下馬再三叮囑，取下水袋喝了幾口，看著杳無人煙的荒涼之地，昔日的回憶漸漸浮上心頭。

陽春三月，正是萬物復蘇之際，洪英和錢穆在熱鬧的都城裡閒逛，突然，洪英發現城門兩側湧動的人潮，他們伸直脖子吃力地張望貼在城牆上的皇榜。洪英一轉眼也溜了過去，錢穆急忙大喊：「等等我，不要亂跑……」說著也跟了上去。

「敵軍犯境，朝中無良將可用，故重金懸賞，尋名人志士為國出征……」洪英看完榜上的內容，沉默了片刻，然後猛地一把揭下皇榜……

「草民樊洪英，自幼熟讀兵書，承蒙不棄，請命出征！」

「救命啊！救命！」遠處傳來呼救聲，眾將士聞聲望去，一女子被幾名大漢追趕，洪英遠觀並未動身，女子朝軍隊跑來，幾名大漢窮追不捨，臨近時，見軍隊人數眾多，便跑了。女子拼命地跑向洪英，哀求他收留。「軍中不留女眷，賊人已走，你大可離開。」洪英瞥了一眼女子說。女子見洪英冷漠無情，哭哭啼啼地喧嘩起來，這時宋敖從馬車匆匆趕來，見眼前的女子柔弱可憐，蜜桃般粉嫩的臉頰上滲出滴滴香汗，輕紗裙下的身姿曼妙婀娜，心中不禁泛起陣陣漣漪。「本帥准了！」他扶起地上的女子說。

洪英冷冷地看向宋敖：「皇上有命，軍中之事聽從本帥安排。副帥莫要失了分寸！」

「她不是你的將士，她是本帥的婢女。」宋敖傲慢地說，然後拉著女子上了自己的馬車。

「怎麼回事？」陳明查看地形回來，問洪英。

「吩咐下去，出發。」洪英命令。

軍隊到達邊城已經深夜，幾日來連夜趕路，早已人困馬乏，洪英吩咐將士們悄聲入城稍作休息，次日聽從安排。

天快亮的時候，一聲號角驚醒了半睡半醒的將士，洪英迅速起身，奪門而出，疾步奔向城樓查看軍情。城門外，敵軍整齊排列，連連叫陣，前方三名戰將一臉不屑，充滿殺氣的眼神直逼城門。此時，邊城守將柯戟匆匆趕來，見勢立即解釋：「元帥請看，馬上的三位便是敵方的主將，中間的叫蒙贊勒，是他們的主帥，英勇驍戰，是一位不可小覷的對手……」

「衝啊……」突如其來的喊聲打斷了柯戟，他與洪英不約而同地望向聲音傳來的地方——副帥宋敖帶領兩支分隊衝向敵方，與對方廝殺起來。敵軍氣勢磅礴，僅出戰一位副將就讓宋敖及身後的將士連連後退，宋敖在眾人的保護下勉強得以周全。在敵軍強勢圍攻下，宋敖周邊的將士一個接一個倒下……

吱……城門再次打開，洪英單手一杆長槍，策馬而至，與敵方副將蒙勝瞬間拉開戰幕。洪英進退有度，幾個回合下來，蒙勝略顯下風。這時，敵方另一位副將曆栛命令身後的小隊迎上，圍攻洪英。洪英被圍得水泄不通，他不急不躁，繼續與來人周旋。手中的長槍劃向敵方戰馬，受傷的馬匹四處奔跑，完全不受控制，馬上的人盡數摔了下來。曆栛見機衝了上來，他東施效顰，趁洪英不注意，刺傷洪英的戰馬，洪英猛地摔在地上。他連忙起身，撿起長槍繼續迎敵。他攻守自如，縱然被數人圍攻，依舊佔上風。突然，身後一把彎刀刺來，洪英連連閃躲，一個躍身，手中的長槍直逼對方咽喉，洪英躊躇不定，這時，曆栛的長鞭抽了過來，洪英來不及躲閃，傷了左臂。他清秀的臉上並無半分畏懼，反而重整心態，沉著應對。

遠處的宋敖見洪英受了傷，立刻帶著手下逃進城。陳明見門外只有洪英一人禦敵，連忙上馬揮鞭而至，在人群中衝開一條生路，將洪英接回了城。

洪英回到城裡，一腳踹倒宋敖：「我說過，沒有我的命令不准私自出戰！」

「你敢踹我！我爹……」艱難起身的宋敖話還沒說完，又被洪英踹倒。

「你若再犯，軍規處置！」洪英憤怒地下令。

「樊將軍，快進屋讓下官看看您的傷勢。」軍醫許傳焦急地說。

盛夏的夜晚，雲高霧薄，晚風夾著細細黃沙，裹著絲絲涼意撲面而來，軍帳外，洪英孤身一人矗立在被繁星點綴的夜空下，雙目凝視遠方，眸子裡閃過淡淡的憂愁。眼前的蕭瑟讓她不免感慨一番：本出生書香門第，如今……戰袍加身，馳騁疆場……

洪英的父親是京城書院的院長，洪英自然而然地擁有了同其他學生一起讀書的機會，他天資聰穎，俏皮活潑，不拘泥迂腐的陳規，而且重情重義。洪英自小熟讀兵書，見解獨到，練就一身好武藝，深受先生和同學的喜愛。寂靜的夜讓洪英不由自主地想起書院的生活……

講台前站著一位年長的教書先生，他穿著素袿，一邊向諸位學子細心講解，一邊用右手的戒尺輕拍左手，就像打節奏一樣。講台下，眾學生悉心聆聽，唯有洪英同錢穆混混大睡，錢穆與洪英交好，兩人勝似兄弟，不多一會兒，先生犀利的眼神就掃向了熟睡的洪英，身後的學生趕緊叫起洪英，與此同時，先生已經來到了洪英眼前，「把手伸出來，」先生呵斥道，並且將手中的戒尺高高抬起。洪英深知戒尺的滋味不好受，扭扭捏捏半天也沒伸出手，他發現身邊熟睡的錢穆，暗自竊喜，於是輕輕靠近，將錢穆的手臂拉過來伸向先生，「啊，」響徹雲霄的慘叫聲轟然而至。錢穆痛得憋紅了臉，不停地吹紅腫的手掌。「您也沒說伸誰的手，」洪英竊喜的同時表現出莫大的無辜，明淨的眸子裡充滿了誠懇，先生滿臉無奈，嘆了口氣離開了。學堂裡譁然一片，洪英拉著錢穆受傷的手，連連安撫。錢穆看著他純潔、無邪的笑容怎麼也生不起氣來⋯⋯

想到這裡，洪英暗自落下淚珠。陳明夜間巡查，看見心事重重的洪英，便上前安慰：「軍營生活艱苦，慢慢就會習慣。」臨走之際，陳明猶豫不決地看向洪英，意有所指地說：「樊將軍第一次殺敵，不免心生憐憫，戰場非兒戲，你的將士可能會因為你的憐憫長埋荒沙之下。」說完，陳明就離開了。洪英轉過身來，看著陳副將威武的身影，靈魂深處有了一絲觸動，不禁感嘆：這才是一名戰士該有的模樣。

深夜將至，邊關的風格外凜冽，寒氣穿透每一寸肌膚，讓這無情的戰場又多了幾分孤寂。軍帳裡的燭火在這浩瀚的黑夜裡顯得那麼蒼白，正如荒漠裡的一粒塵埃，弱小又無力。莊嚴的軍營裡一片靜謐，唯有宋敖的軍帳歌舞昇平⋯⋯

洪英的軍隊駐紮在梵城外有一段時間了，敵軍自上次叫陣之後毫無動靜。混亂的邊關終於迎來了難得的平靜。這天夜裡，皓月當空，深藍色的蒼穹裡佈滿了閃爍的繁星，洪英穿著素褂坐在土丘的斷崖邊，深邃的眼神望著深空的圓月，心中感慨萬千。突然，一支箭從身後飛來，落在洪英手邊，洪英立即起身，往後一看，才發現自己已被敵軍包圍。洪英見眼前的情景，心裡明白，敵軍有備而來，定是走漏了風聲，只怕帳下早已混入敵軍的奸細，現在寡不敵眾不說，而且過多糾纏也不是上策，倒不如俯首被擒，日後再找機會逃生。

豔陽高照的正午，敵軍的營地裡語笑喧闐，浮蕩的塵土裡可以看見一張張掛著驕傲和嘲笑的臉，曆栦趾高氣揚地騎在馬上，牽著一根結實的麻繩，圍著空地肆意奔跑，麻繩的另一端是洪英，他雙手被麻繩緊緊捆住，只能跟著飛奔的馬兒往前跑，稍有不慎便倒在冷漠的土地上，被馬兒拖拽，被冷酷的砂石擊打……曆栦看著身後的俘虜這般受折磨，心中的歡喜毫無保留的全寫在了臉上。

「大哥！雖是戰俘，畢竟是將領，這般羞辱會不會……」蒙勝在帳內將眼前的一切看得一清二楚，他心懷憐憫地對蒙贊勒說。蒙勝話還沒有說完就被簾外的一幕驚住了。洪英使出全力向前衝了幾步，待手中緊繃的繩子鬆弛下來時，猛地往後一拉，將沾沾自喜的曆栦從馬上拽了下來，曆栦自然不服氣，覺得在將士前丟了面子，於是一個翻身，拿起長鞭就朝地上的洪英一頓揮舞，還命令旁人不得插手。洪英一邊閃躲，一邊找機會起身反攻。周圍的人越來越多，看著洪英被打都拍手叫好，為曆栦叫陣。蒙勝和蒙贊勒也悄悄站在一旁，饒有興致地觀望眼前的盛宴。

洪英找準機會一躍而起，緊緊相扣的幾個連招打了曆栦一個措手不及，他身不由己地一連後退了數十步，蒙勝懷著切磋的心態迎上前，與洪英展開激烈的戰鬥。兩人各不相讓，若不是洪英被綁了手，只怕蒙勝也要費一番功夫。蒙贊勒一直在旁觀望，清澈的眸子裡透出無限的欣賞之情。蒙勝奮力一擊，洪英精疲力盡，沒能擋住這渾厚有力的一掌，憤然倒在了地上。蒙勝臉上露出少許驚訝，迅速跑到蒙贊勒身邊一通私語。

「夠了，都散了！」蒙贊勒命令周圍的將士。然後對身邊的蒙勝說：「準備兩匹快馬，隨我回城！」他沉思了一會兒，看著受傷的洪英又說了一句：「帶上他！」

洪英再次被捆上了雙手，所幸這次只是跟在馬後慢慢走，邊關的太陽格外熱情，它炙熱的溫度親密地擁抱著大地。洪英鋪滿灰塵的臉被汗水劃出一道道崎嶇的溝壑，乾裂的雙唇慘白無光。蒙贊勒停下，拿起水袋走向身後的洪英：「張嘴！」清涼的水流滑過洪英乾涸的雙唇，他趕緊張大嘴，迫不及待地吮吸渴望已久的清潤。洪英跟著蒙家兄弟回到了他們駐守的主城，被關押在地牢裡。手腳都上了鐵鍊。

陳明發現洪英失蹤，頓覺事情不妙，連忙向宋敖稟報，請求出兵，宋敖本就心中不服，加之上次城門前被洪英踹了幾腳，更是懷恨在心，現在一聽洪英失蹤了，不但不讓人去找，反而奪了洪英的主帥，揚言要治洪英擅離職守的罪。陳明沒有辦法只能趕回梵城，請柯戟幫忙。

陳明走後，宋敖在綠姬的挑唆下大舉出兵，與曆枱所在的營地展開了一場廝殺，宋敖平日裡養尊處優，根本不懂用兵之道，這一戰死傷無數，幾名將士誓死捍衛才讓宋敖保全性命，退回營地。柯戟帶了一小隊人同陳明趕來，此時，軍營裡一片狼藉，許傳正忙著安頓和救治傷員。陳明借機再次提出尋找洪英，結果被宋敖下令重打二十軍棍。柯戟安慰陳明敵人隨時可能偷襲，讓他務必先將傷養好，他自己帶親信私下尋找洪英。

昏暗的地牢裡，逐漸浮現一個魁梧的身影——曆梒，他初戰大捷，回城請賞。他將地牢裡的看守撤了出去，獨自一人來到了關押洪英的地方，他仔細觀察了一番，嘴角輕輕向上揚，喃喃道：「這般尤物，我竟沒發現……」他一臉淫笑朝洪英靠近，伸手想要扯開洪英的衣襟，洪英一個閃身躲開了，雖說手腳被鎖，畢竟留有活動的空間，洪英拖著沉重的鐵鍊與曆梒來回周旋。

「放肆！」突然傳來一聲呵斥，曆梒迅速停手，恭敬地朝來人喊道：「月夫人。」

「賞賜之事我自會考量，速回營地駐守！」月夫人吩咐。

「是！」曆梒心有不甘，隨後懷著不悅離開了。

月夫人慢慢走近洪英，欣賞的目光上下打量了一番，由衷的點了點頭，然後嘆息道：「可惜了……！」

洪英瞅了兩眼面前的月夫人，從容地問：「綠姬是你的人？」

月夫人邪魅一笑，洪英心中有了答案。

「我是來告訴你，你就要做新娘了！」月夫人對洪英說，並留下幾名婢女伺候左右。洪英雖不知外面的情形，但能猜想到這是月夫人的詭計。她憂心忡忡卻又無能為力，只能等待時機。

柯戟帶著親信在營地四周連著搜尋了幾日，一無所獲，回到營地發現眾將士交頭接耳，竊竊私語，一打聽才知道洪英嫁人的消息傳遍了軍營。他十分驚訝，立刻去找陳明商量對策。

宋敖得知此事，正好抓住了洪英的把柄，借著這個機會大肆渲染，下令對洪英格殺勿論。私下寫了一封告狀信，讓親信送回京城。

清冷的夜裡，陳明、柯戟、許傅相望而坐，滿臉苦澀，一言不發。如今戰營由宋敖握權，他終日與綠姬纏綿，飲酒作樂。將士們一片散沙，一個個愁眉苦臉，失落至極。

碧藍的天空裡漂浮著淺淺的白紗，小城裡幾株茉莉正值花期，微風一拂，清香撲鼻。今天是洪英出嫁的日子，婢女在地牢為洪英梳洗打扮，蒙贊勒悄然走近。洪英穿著金絲鑲邊的紅裙，身姿曼妙，英氣逼人又不失溫婉，櫻桃般的紅唇靈動且撩人，只是臉上的傷疤訴寫了不少苦澀。蒙贊勒走上前親自為洪英戴上一隻粉色的玉簪，他微微一笑，令侍婢悉心照料不可怠慢。

暮色降臨，城中燃起了篝火，將士們圍著篝火載歌載舞以示慶祝，他們豪情共飲，整個城內彌漫著歡樂。蒙贊勒將洪英抱回房，放在秀榻上，他起身吹滅蠟燭，躺在洪英身旁，門外婢女見二人已結連理之親便匆匆離開，向月夫人回稟。

洪英躺在秀榻上深感難逃此劫，暗暗流下無助的淚水，蒙贊勒側過身來看著洪英，右手輕輕撫摸她臉頰的傷疤，關懷之情溢於言表，蒙贊勒一把將洪英摟入懷中，微微上揚的雙唇猛地吻了上去，落在洪英柔軟的紅唇上，蒙贊勒閉上眼睛靜靜地抱著洪英。窗外，將士們的歡呼聲此起彼伏，忽遠忽近。深夜，城內的歡笑聲逐漸消退，整座城池變得寂靜，洪英的手開始恢復知覺，整個身體也逐漸有了力氣。

又過了一段時間，洪英完全恢復了，她推開蒙贊勒，躍身而起，拿起桌上的彎刀與蒙贊勒廝打起來，混亂之際彎刀插進了蒙贊勒的肩部，洪英一臉震驚，「院外有良駒一匹，能否活命就看你自己了。」蒙贊勒對洪英說。洪英抽出彎刀，奪門而出。她一個翻身躍上了馬背，一鼓作氣衝向城門。馬蹄聲驚醒了酣睡的將士，他們紛紛跑來阻擋，拿刀的、拿箭的、拿火把的，從一個個小點慢慢聚集成黑壓壓的一片，他們紛紛朝這邊聚攏，洪英不慌不亂，騎著良駒無限奔跑，沿路撞壞一些簡易的陳設阻擋敵軍的追趕，為自己衝出重圍爭取更多時間。

「放箭！」一聲令下，漫天箭雨傾瀉而下，洪英奮力躲閃，但還是中箭了，腿上、肩上、胳膊上，還有一支利箭飛向胸前……

洪英折斷胸前的箭尾，繼續朝城門飛奔而去，此時，號角吹響，守城將士正推動厚重的城門，洪英加了把勁拍在馬身上，無意間發現左側行囊中有弓箭，隨即拿出，三箭併發，射向城門的守將。她衝出城，沿著黃沙小道，一路策馬趕往營地，飛沙撲面而來，打在洪英身上，她忘記了疼痛，只是一股勁地往前衝。

天矇矇亮，陳明同軍醫一起安頓傷兵，突然聽到守營將士的喊聲：「敵軍來了……」，他不由分說，衝出營帳，帶領一隊將士憤然迎敵，急促的馬蹄聲越來越近，眾將士略顯緊張，朦朧中，一個紅影若隱若現，臨近一看，是洪英。

將士們的目光裡乍現欣喜，洪英猛然勒馬，躍身跳下，看了看眼前垂死守衛的將士，他們滿臉悲傷與無望，洪英悲憤不已，隨即詢問其他將士何在，並隨陳明進帳查看，無數傷兵嗷嗷呻吟，軍醫遊行於傷員之間，手忙腳亂……此情此景，甚是淒慘，洪英不禁掉下眼淚。她勃然大怒：「綠姬何處？」幾位將軍低頭不語，「召將士帥帳前集合！」洪英發下號令，然後大步邁向宋敖的軍帳。

「領命！」幾位將軍跟隨其後，洪英一把掀開帳簾，眼前的風花雪月讓她怒髮衝冠，她抽出身旁將軍的戰刀，猛然刺向綠姬，綠姬當場斃命，宋敖驚恐萬分，稍作遲疑，怒吼：「你敢犯上，吾乃……」話音未落，洪英一刀封喉，「皇親……國戚……」宋敖的聲音逐漸消失。

洪英掀簾而出，對聚於帳前的將士們喊話：「洪英所犯之罪自會向聖上請罰，朝廷一天沒有下達旨意，本將就還是你們的元帥，軍令如山，違令者，斬。」

「末將聽令！」將士們不約而同地跪地行禮。

「諸將軍請隨我入帳，其餘將士各司其職。」洪英發號施令。

帳內，幾位將軍左右兩列分散開，洪英開始詢問軍中現狀，下令徐恒將軍清點人數，並帶領受傷將士次日回城同守城將士換防，如此一來，傷兵就有了休養的地方。只是大戰之後，傷亡慘重，能繼續上戰場的將士已所剩無幾，洪英愁眉不展，此時才感到身上的箭傷隱隱作痛。

「將軍！」許傅滿臉關切，看向洪英。

「軍醫，」洪英的眼睛裡露出光芒，「軍中麻沸散可還充足？」

「尚可，」許傅回答。洪英若有所思，命柯戟挑選百名熟識地形的當地將士聽從調遣。待所有事務安排妥當後，洪英向軍醫索要了一些止血鎮痛的草藥，並詢問拔箭的方法，許傅如今知道洪英身份，也不好多做勸說，便仔細解釋，千叮嚀萬囑咐，並在帳外守候，以備不時之需。

蒙贊勒被洪英刺傷，一時半會兒也不會輕舉妄動，正好給了洪英養傷的機會。她利用這段時間重整軍營，操練士兵。萎靡不振的將士一下子活了過來。潰散的軍隊也恢復了往日的朝氣。

轉眼半月有餘，這天夜裡，洪英同柯戟以及他挑選的百名將士來到一處險地，洪英解釋說她之前勘查地形時發現了這裡，越過斷壁可以直達豐城後方，也就是敵軍所在的小城。只是這裡地勢險要，途中必有傷亡。柯戟看出洪英心有不忍，上前說：「末將領命！」其餘將士也異口同聲。洪英感慨萬分，命柯戟與百位將士喬裝成附近的農民攜麻沸散偷偷入城，洪英囑咐柯戟擒賊先擒王，並將城內的地形以及敵軍駐守的分佈情況全部告知他。將士們二話不說，開始過崖。洪英擔心地看著他們爬上險峻的峭壁，千百憐惜卻又無可奈何，只有早日結束這場戰爭才能撫慰逝去的英魂。

深夜，戰鼓聲打破了夏夜的寧靜，一隊將士突然衝進敵營，浴血殺敵，見大將曆栆出來，裝作一副害怕的模樣轉身就跑。曆栆心高氣傲，見自己威名遠播，歡喜了一番，命手下加強警戒即可，不必勞師動眾。曆栆的人來回換防，小心翼翼地盯著四周。過了一個時辰，戰鼓聲再次響起，守衛連忙吹響號角，整個軍營進入戒備狀態，可是等了許久也不見來人，曆栆知道自己被耍，憤怒地要衝出營地一探究竟，被身邊的副將好說歹說才攔了下來。曆栆吩咐手下繼續防備，營地再次恢復了平靜。戰鼓聲在漆黑的夜晚連續響了好幾次，一直沒有來兵偷襲，久而久之，曆栆的人疲憊不堪，甚至有些鬆懈，他們習慣了空無來客的鼓聲，他們知道上次大戰讓洪英的軍隊損兵折將，如今也只能用這些手段騷擾一番罷了。對他們而言，洪英的軍隊無非秋季的螞蚱。副將見形勢不明，立刻差人向城中報信。

寅時，陳明帶一隊人偷偷來到曆栆的軍營，他們分散在營地四周，迅速點燃手中的火把扔向營地，無數個火把仿佛夜空裡的繁星瞬間落下，看守的士兵吹響號角，曆栆聞聲連忙衝出營帳，眼前濃煙滾滾，火光衝天，遠處的洪英看見火光，知曉陳明已得手，帶著部下直驅而入，匯合陳明一同殺敵。

慌忙逃出的敵軍被洪英和陳明紛紛攔截，盡數降服。「曆枱交給你，我帶一隊人去守援軍！」洪英對陳明說。

「末將遵命！」陳明回答。

一輪明月悄悄地爬上了被墨汁浸染的幕布，蒙贊勒接到信急忙趕來，在斷崖邊的沙地上突然勒住了疾馳的烈馬，借著淡淡的月光可以看見眼前一排戰馬並列而立，洪英穿著鎧甲，手持長槍，擋住了蒙贊勒的去路。戰爭一觸即發。兩隊人立刻進入狀態，拼死殺敵。洪英與蒙贊勒同樣交起了手。

陳明聽從命令截殺逃出營的曆枱，兩人搏鬥了一番，終究還是陳明更勝一籌，一槍封喉，結束了這場戰鬥。他整頓隊伍，出發接應洪英。

柯戟帶人成功溜進豐城，見蒙贊勒出城，在麻沸散的幫助下巧妙佈陣以少敵多，逼著蒙勝和月夫人退出了豐城。

洪英與蒙贊勒不相上下，兩人挺拔的身姿在飛揚的塵土裡忽隱忽現。

「為何幫我解毒？」洪英問蒙贊勒。

「夫人的小嘴不能白親。」蒙贊勒挑逗地回道。

洪英臉頰泛起一抹桃紅，她假裝沒聽見，對蒙贊勒連連出招，蒙贊勒不停後退至斷崖邊，洪英手握長槍奮力一擊，抽回時，雪亮的槍頭已被鮮紅的血液覆蓋，受傷的蒙贊勒踉蹌不定，洪英一腳踢來，蒙贊勒跌落斷崖……

黎明時分，陣陣涼風帶著濃濃的憂傷緩緩襲來，洪英看著累累屍骨與渾濁的天色融為一體，鮮紅的熱血侵蝕著一望無際的黃沙，此情此景讓她心中五味雜陳。她手握長槍跪在地上，不禁大哭起來……滾燙的淚水劃過她早已因風沙吹打而變得粗糙的臉頰……沙地四周如深夜一般寂靜無聲，只有洪英嘶啞的哭聲迴蕩在上空，久久不能逝去。清晨，明媚的陽光灑了下來，洪英與城內軍隊匯合，返回主城。

「現在走還來得及，」陳明低聲說。

「不，我不能走，」洪英眼眶濕潤，斬釘截鐵地回答。

都城依舊繁華，各種各樣的店鋪緊貼大街兩沿，這日，寬闊的主街上擠滿了人，他們有序地排列開，站在主道兩邊，探著腦袋，一臉期待地看向遠方。

洪英隱瞞身份，自知觸犯了國法，於是戴著鎖鏈班師回朝，一路走來，路邊的百姓無不拍手讚揚，有的甚至拿來家中的「珍品」獻給諸位將士，表達自己的感謝。

城門前，一群書生打扮的年輕人正在焦急地向洪英所在的方向眺望，中間一位文雅老人凝眸遠望，見有軍隊走來，萬分激動，洪英的目光落在了這群人身上，滾燙的淚珠頃刻而出，她毅然下馬，朝不遠處的老人走去，一步一叩首，手腕上的鐵鍊與地面碰撞，發出嘹亮的響聲。昔日在學堂讀書時的種種再次浮現眼前，樊澈淚流滿面，和書生們迎上前，扶起洪英，仔細端詳，往日凝露般的玉脂早被風沙奪了去，臉頰和脖頸上的疤痕格外刺眼，樊澈幾乎失聲痛哭，他拍著洪英的肩膀，扯著嘶啞的嗓音說：「爹爹為你驕傲。」洪英百感交集，種種情懷一時間湧上心頭，不禁痛哭起來。過了一會兒，漸漸平靜下來的洪英再次跪地行禮，然後躍上馬，繼續前行。

大殿上，眾朝臣立於兩側，洪英攜副將與軍醫一同入殿叩拜，雙手舉盔甲於額前：「民女樊洪英前來領罪。」

又一年秋，京城依舊車水馬龍，熱鬧非凡。某條街巷深處，往日朗朗的讀書聲已不復存在……「洪英擊退敵軍，賞白銀萬兩，但欺瞞身份，觸犯軍規，不得章法，故，削去軍職，後不錄用，斷髮代首，驅出京，非召見不得擅自入京。」

冬季的寒風異常刺骨，片片雪花飛舞而下，儘管如此也無法遮掩這個小鎮的歡聲笑語，無法凍結人們心中的熱情。洪英穿著粉色裙衫，在街市閒逛，回想起當日黃沙戰場，雖將蒙贊勒踢下懸崖，卻在千鈞一髮之際告訴他崖下有山洞可逃生……

「玉簪，玉簪，來看一看瞧一瞧……」小販的叫賣聲打斷了洪英的思緒，她轉向小攤，那兒的首飾玲琅滿目，一隻粉色玉簪脫穎而出，樣子獨特，且似曾相識，只是做工略微粗鄙了些，洪英買下玉簪，繼續朝前走，忽感身後有人尾隨，回眸望去並無異樣，她彷彿想起了什麼，又看了看手中的玉簪，順勢戴上，會心一笑，悠然地離開了。蒙贊勒從小攤後緩緩走出，一襲素衣青衫，看著洪英的背影溫婉一笑。

戲子

作者：　橋蒂拉JoAnna
編輯：　青森文化編輯組
設計：　4res

出版：　紅出版（青森文化）
地址：香港灣仔道133號卓凌中心11樓
出版計劃查詢電話：(852) 2540 7517
電郵：editor@red-publish.com
網址：http://www.red-publish.com

香港總經銷：香港新零售（香港）有限公司
台灣總經銷：貿騰發賣股份有限公司
地址：新北市中和區立德街136號6樓
電話：(886) 2-8227-5988
網址：http://www.namode.com

出版日期：　2022年1月
ISBN：　978-988-8743-56-8
上架建議：　短篇小說
定價：　港幣78元正／新台幣310圓正